José Castello

RIBAMAR

Romance

Prêmio Jabuti 2010

2ª edição

Rio de Janeiro | 2012

Copyright © 2010, José Castello

Capa: Victor Burton

Editoração: DFL

Texto revisado segundo o novo
Acordo Ortográfico da Língua Portuguesa

2012
Impresso no Brasil
Printed in Brazil

CIP-Brasil. Catalogação na fonte
Sindicato Nacional dos Editores de Livros – RJ

C344r
2ª ed.
	Castello, José, 1951-
	     Ribamar: romance/José Castello. – 2ª ed. – Rio de Janeiro:
	Bertrand Brasil, 2012.
	     280p.

	ISBN 978-85-286-1443-5
	1. Romance brasileiro. I. Título.
10-3020	CDD – 869.93 CDU – 821.134.3 (81)-3

Todos os direitos reservados pela:
EDITORA BERTRAND BRASIL LTDA.
Rua Argentina, 171 – 2º andar – São Cristóvão
20921-380 – Rio de Janeiro – RJ
Tel.: (0xx21) 2585-2070 – Fax: (0xx21) 2585-2087

Não é permitida a reprodução total ou parcial desta obra, por
quaisquer meios, sem a prévia autorização por escrito da Editora.

Atendimento e venda direta ao leitor:
mdireto@record.com.br ou (21) 2585-2002

RIBAMAR

Do Autor:

João Cabral de Melo Neto:
O Homem sem Alma

Agradeço a Acyr Maya, Alcenor Candeira Filho,
Antonio Godino Cabas, Carlos José Castelo Branco
Candeira, Flávio Stein, Maria Hena Lemgruber,
Paulo Bentancur e Romildo do Rego Barros,
que me ampararam na escrita deste livro.

Minha gratidão a Carmen Da Poian,
minha primeira leitora.

Para o Joaquim.

*"Tudo o que vejo, tudo o que fico
sabendo, tudo o que me advém há
alguns meses, gostaria de fazer
entrar no romance."*

André Gide

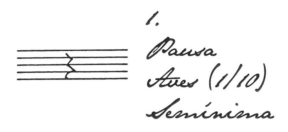

meu mal tem uma origem precisa: sou obcecado por Franz Kafka. Não que eu o inveje ou deseje ser como ele. Também não o odeio e, com algum esforço, reconheço sua grandeza. Meu problema é que não consigo parar de pensar em Kafka.

Isso começou quando eu era um menino. Vi, em algum lugar, uma fotografia daqueles olhos nervosos, que copiam os meus. Sempre vestido em cores escuras, como eu mesmo me vestia. Uma sombra o envolve, e eu a sinto roçar minhas costas.

Penso não só em Franz, o filho, mas também em seu pai, Hermann Kafka. E sempre que penso nos dois penso em você, meu pai. Sufocado entre estes três vultos, luto para existir.

Um vizinho, o professor Jobi, com quem comentei meu plano de usar a relação de Franz com seu pai, Hermann, para pensar os difíceis laços que nos ligaram, me advertiu a respeito dos riscos de meu projeto. "Cuidado para não fazer deles instrumentos de uma vingança."

Lembrou-me de que "Kafka" significa "gralha" e de que essa relação inocente pode ser o indício de um mau agouro.

Não confio no professor, adoto sua tradução só porque ela me é conveniente. Vantagens da ficção: aqui eu posso tudo.

Ainda não lhe disse, pai: escrevo um romance. Não sei se chegará a ser isso. O mais correto é falar de notas para o livro que, um dia, escreverei. *Ribamar*, ele se chamará. Eu o dedicarei a você.

Volto à tradução do professor Jobi. Kafka, gralha. Aprecio esses laços bruscos que se estabelecem entre as palavras. Eles nos conduzem a grandes erros, mas sustentam verdades sutis.

Desde que comecei a tomar essas notas, é verdade, não parei mais de sonhar com pássaros. Pequenos, gorduchos e negros, eles me sobrevoam e me ditam frases assombrosas.

Decido: tenho sonhado com gralhas. Avanço um pouco mais: sonho com Franz Kafka.

A existência hipotética de um Franz Gralha me abre um caminho. "Gralha" é, também, uma alcunha para os tagarelas. As gralhas se esgoelam, como os linguarudos e as histéricas. Kafka foi um homem silencioso. A esse silêncio, porém, correspondia um frenético tagarelar interior.

Chego ao ponto em que eu e Kafka nos ligamos: não pelo semblante, ou pelo porte ou qualquer outro detalhe da aparência; não pelo estilo ou pela vocação, muito menos pela grandeza.

Estamos ligados — como dois fantoches atados a um mesmo fio — por um ponto de ebulição interno, que decido chamar de O Ponto da Gralha.

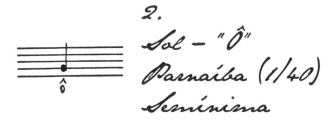

Contra a noite áspera, surgem — imensas gralhas — as últimas imagens que guardo de você, meu pai.

Chego atrasado. O enfermeiro diz: "Será um banho rápido, acaba logo." Sua voz, em chiados, me lembra o som das vitrolas: "Não quero tomar banho. Quero descer."

Os pés, com os ossos expostos, são garras. As mãos tortas se agarram à cabeceira. Apesar da agitação, você se mantém ereto. "Quero descer." Pergunto aonde você quer ir. Àquela hora, todos os pacientes dormem — afora dois ou três que, sem suportar a si mesmos, gemem. "Quero descer, quero descer", você insiste.

Abraço-o pelas costas e o beijo. Sua barba me lixa os lábios. "Se você me der o banho, eu tomo." Abana as mãos com nojo, indicando que a televisão o incomoda. Calamos.

Como facadas rápidas, mas profundas, alguns gemidos cortam o quarto.

Desabotoo seu camisão. Você está muito magro, mas ainda exibe restos de músculos que saltam como escamas. Os pelos do corpo estão mais grossos. Espalham-se pelo nariz e pelas orelhas. Pego uma tesourinha e começo a apará-los.

Não é um procedimento de higiene, nem de estética. É uma forma de carinho. Você se entrega ao afago da tesoura. Acompanha com os olhos o movimento. Treme um pouco.

De repente, você diz: "Quero sua mãe." Minutos antes, atrasada para um compromisso doméstico, ela saiu às pressas. Ainda podemos sentir o cheiro de sua colônia.

As mãos fincadas na cabeceira (garras em um poleiro), você é um pássaro. Imenso, as asas mutiladas, o nariz transformado em bico, os cabelos duros, como uma coroa. Pronto para o voo. Para o abate.

"Pai", e não consigo dizer mais nada. "Vamos, tire essa calça." Você se recusa a sentar, de modo que, quando desamarro o cadarço, num golpe brusco, ela despenca.

Quando me abaixo para erguer um de seus pés, meu rosto se nivela com o sexo murcho. Um pênis de menino, entre testículos desproporcionais. Aquele sexo morto, de onde vim.

A repulsa me faz levantar. Esquecendo que o ajudo a morrer, e não a nascer, assovio uma canção. Essa canção que, ainda hoje, me atordoa.

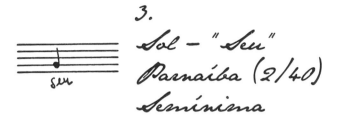

3.
Sol – "Seu"
Parnaíba (2/40)
Semínima

a ânsia me sobe pela garganta. Um jorro involuntário, que sai num rompante — como se outra pessoa vomitasse em meu lugar —, se derrama sobre nós dois. Banho asqueroso, restos do que sou, minha dor. "Pai", eu balbucio. Também as palavras expulso de mim.

Dois faxineiros surgem. Um deles o leva direto ao chuveiro. Enquanto o ensaboam, eu ouço: "Não quero tomar banho, quero descer." Depois você é mais brusco: "Quero meu filho. Quero que ele me ajude a descer."

Pergunto ao enfermeiro o que há no andar de baixo. "Nada. Só a recepção, a garagem e um depósito." E, como se enfim fisgasse um sentido naquela borra, conclui: "Talvez seu pai planeje fugir."

A hipótese é grosseira. "Melhor não dizer as coisas por ele", sugiro, e minha voz sai um pouco mais forte que eu desejava, mas é tarde para corrigir. Meus olhos de gralha escorrem para o chão imundo.

A escuridão me envolve. De repente, o ônibus para no meio da estrada. Sem nenhuma pressa, o motorista se ergue, pega uma espécie de chicote com fios de palha e abre a porta. A noite sopra um bafo sem significado. Encolho-me.

"Chiii", "chiii". É o motorista, que espanta animais do caminho. Seu chiado é longo, irritante. É um homem pequeno que manobra o chicote com pose de maestro. Estou em uma poltrona da primeira fila. Quando ele volta, comenta: "Toda noite o mesmo espetáculo. Bichos que não sabem para onde ir. Quando isso vai acabar?"

Volto a vê-lo, meu pai. Sob o chuveiro, as pernas em arco para não deslizar, as mãos agarradas à barra de apoio. Mesmo sob a água quente, você treme. Sem largar a esponja, o enfermeiro pergunta: "Tem certeza de que o senhor está bem?" A resposta é brutal: "Estou de pé, isso não lhe basta?" Ofendido, o rapaz o larga em minhas mãos.

Você parece (me perdoe) um primata. Da espuma branca emerge um rosto pontudo, coberto por uma pele grossa, artificial. Não vou adoçar nada: seu corpo, murcho e disforme, me enoja.

Volto a sentir o amargo, o impulso para fora, mas me contenho. Devo conter o pouco que sou, ou não resistirei. Sou isso: um homem que se desfaz. E você me assiste.

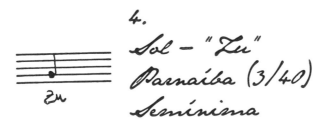

Quando você se vira, vejo o pior. Sua coluna é um cabide antigo, do qual peles, carnes, músculos despencam. O sabonete de jasmim não esconde um segundo cheiro, que eu atribuo à velhice, mas que pode ser um prenúncio da demência.

"Quem sou eu? O que estamos fazendo aqui?" — você imita os filósofos. Não precisa ter medo, é só um banho. Aqui está a toalha, enrole-se e se sentirá melhor.

Há um banco dentro do box, faço um sinal para que se sente. Você o recusa. "Não quero sentar, quero descer", insiste. "Você não sabe o que é descer?"

Busco palavras que, arredias, me fogem. As ideias falham e começo a sentir medo, não de você e de sua morte, mas de mim e de minha vida. Esquecendo-me de você, eu o abraço.

Ali permaneço, aconchegado em seu peito, dizendo que sou eu quem o protege. "Descer, descer." Rumores roucos, vindos do banheiro vizinho, se diluem no vapor. Vagidos de sofrimento, que tento anular assoviando uma canção. Sim: a maldita canção de ninar que não me deixa mais! Agora sou eu, o filho forte, quem o embala. Tento me convencer.

Até que me dou conta de que suas mãos, fincadas na barra, estão roxas. Assustado, e com um tranco, puxo-o para fora do boxe. É um gesto automático que executo sem nenhum comedimento.

Você não reage, aceita. Tem o mesmo valor de um abraço. "Vamos lá, agora vamos descer." Repete a frase mais pelo som do que pelo sentido. Você já não precisa de atos — trancos, apoio, abraços —, mas de palavras. Precisa encobrir o presente com a crosta dura do sentido.

Percebo então um leve tremor que, em irradiações geladas, emana de seu corpo e espeta o meu. É estranho, porque essas ondas de gelo, uma vez fincadas em minha pele, se convertem em calor. Ou elas saem de mim, e não de você? O limite entre nós está prestes a se romper. Você me arrasta para sua despedida.

"Por que não posso ir agora?" A pergunta já não me incomoda mais. É só uma maneira de chorar.

Ainda tento enxugá-lo, mas a toalha não absorve mais a água. Estamos em um mundo que fracassa. Um mundo atulhado de objetos inúteis e de pedidos sem significado. Andamos por um deserto. E cabe a mim, com este coração cheio de sombras, ser o seu sol.

As figuras do remetente e do destinatário só funcionam nas agências de correio. Foi o que aprendi quando A., um amigo distante, me telefonou do Rio de Janeiro para me fazer uma pergunta.

A. é escritor e conhece a gravidade das palavras: "Você lembra se, no Dia dos Pais de 1973, você deu a seu pai a *Carta ao pai*, de Kafka?"

Sempre fomos amigos distantes. Só nos aproximamos um pouco nos anos 90. Como ele poderia saber?

Sem esperar minha resposta, leu a dedicatória: "Para o papai com um beijo e o amor do filho José". Sob ela, a anotação: "Dia dos Pais. 73". E mais nada.

É verdade: no Dia dos Pais do ano de 1973, eu lhe dei um exemplar da *Carta ao pai*, de Kafka. É uma dessas lembranças nítidas, porque fracassadas.

O presente carregava segundas intenções. Era um período em que mal nos falávamos. Nem mesmo falar sobre a dificuldade de falar eu conseguia.

Comprei o livro de Franz Kafka, por acaso, em uma papelaria de Copacabana. A capa negra me atraiu mais que o título, que me pareceu desprezível. Eu o li com grande dificuldade, mas espanto.

Ao se dirigir a seu pai, Hermann Kafka, Franz não só me roubava minhas palavras, mas usurpava meu lugar de filho. As mesmas palavras que, em minha garganta, provocavam feridas que me impediam de falar, ditas por Franz descerravam a verdade.

Eu não precisava mais buscar palavras para as coisas que tentava lhe dizer. As palavras estavam ali, ainda que, em grande parte, me escapassem. Emitidas por um grande escritor, o que não só as engrandecia, mas autenticava. Noventa e duas páginas que resumiam o que, durante anos, eu tentei inutilmente expressar.

Peguei o livro, autografei-o e o larguei sobre sua mesa de cabeceira. Com esse gesto, revidava às palavras que Franz ouviu de Hermann, quando lhe deu de presente o primeiro exemplar de *Um médico rural*, único livro que dedicou a seu pai.

Ao receber o livro, Hermann se limitou a dizer: "Ponha-o sobre o criado mudo". Não sei se Franz seguiu ou não a recomendação; em seu lugar, e com outro livro, eu agora a cumpria. E, no mesmo ato, me desforrava.

Franz nunca soube se seu pai leu, ou não, *Um médico rural*. Sabemos que Hermann Kafka jamais leu a *Carta ao pai*, livro que, refém do medo, Franz preferiu entregar à mãe, Julie, e não ao pai. E a mãe, para protegê-lo, tratou de não repassar ao marido.

Franz era um homem solitário. A timidez era outra coisa: medo de ser desmascarado. Como se fosse o autor de um crime e a qualquer momento chegassem para prendê-lo. Antecipava-se ao destino, agindo como um prisioneiro. Era mais competente que seus carrascos. E mais cruel.

Não sei se você chegou a ler a *Carta ao pai* que lhe dei em 1973 — 54 anos após Franz escrevê-la. Terá minha mãe, imitando Julie Löwy, se intrometido entre nós e se apossado do livro?

Mesmo não me dirigindo diretamente a você, fui mais ousado que Franz. Dei um passo a mais: penetrei seu quarto. O que não é pouco. Foi um gesto masculino que me encheu de ânimo.

Meu amigo A. fez a gentileza de me comprar o exemplar da *Carta ao pai*. Que caminhos esse livro percorreu, ao longo de 40 anos, antes de me chegar de volta? Ele o despachou pelo correio, oferecendo-se, assim, como seu representante.

Isso talvez explique as dificuldades que experimento em nossa amizade. Talvez eu veja em A. não exatamente você, mas um lugar-tenente — um serviçal, eu penso para humilhá-lo. Um simples portador que, como um carteiro leviano, desconhece a gravidade do envelope que carrega.

O livro não me foi entregue, mas devolvido — como em um gesto de desfeita, ou má educação. Eu estava trêmulo quando, 33 anos depois, reencontrei a *Carta ao pai* que, um dia, você folheou. Porque ao menos isso você deve ter feito. Ou nem isso?

As folhas estão amareladas e as páginas um pouco tortas, mas inteiras. No alto da folha de rosto, sobre a dedicatória, o carimbo fosco do sebo carioca em que meu amigo o resgatou. A. me devolveu não um livro, mas um pedaço de minha história. Não sei se ele entendia a gravidade de seu gesto.

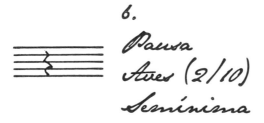

não consigo parar de ler a carta de Kafka. Tornou-se um vício que, não posso negar, me alimenta. Talvez a carta de Franz ao pai, Hermann, seja a ave que me atordoa (que tagarela dentro de mim). A mesma que sobrevoa minhas noites e que atrapalha meu sono.

Imitando essas aves, eu mesmo sobrevoo o nome, Kafka. Um amigo, que tem uma pequena prensa manual, me diz que "gralha" é a denominação de um erro tipográfico. Um tipo fora da posição, ou colocado de ponta cabeça, ou escolhido por engano. Gralhas, isto é: erros.

Também Kafka (gralha) sentia um incômodo contínuo, como se vestisse a roupa errada ou ocupasse um lugar que não era seu.

Nas notas que começo a tomar, mais erro que acerto. Nunca chegarei a escrever o livro que quero escrever, mesmo assim ele se escreverá sozinho. Apesar de mim e de minhas dúvidas, um dia estará pronto. Inconformado com minha derrota, contra ele lutarei até a última linha. E ele me vencerá.

Encontro-me com o Prof. Jobi, meu vizinho do sétimo andar. Tem sido uma de minhas testemunhas. Hoje vem com uma novidade: Kafka não significa gralha, mas perdiz. Em sua origem, o sobrenome Kafka é "kavka", o nome do pássaro que conhecemos como "choca". Ave de plumagem negra, recoberta de pintas brancas. No Marrocos, o conhecem como "perdiz africana".

Gralhas, perdizes, aves — não me livrarei delas! Como viver entre criaturas tão instáveis? O Ponto da Gralha se transforma no Ponto da Perdiz. Nomes, ilusões. Do longo grito das gralhas me transporto para o trinado rouco das perdizes. Anchieta escreveu seus versos na areia; eu tomo notas sobre um pântano.

Dias depois, descubro que a imagem de uma choca (um "kavka"), e não de uma gralha, serviu de emblema à loja de Hermann Kafka, no centro comercial de Praga. A mesma loja que Franz odiava pisar.

A aflição me leva ao dicionário. Além da ave de plumagem negra (Kafka sempre se vestiu de preto), choca designa, ainda, uma mancha de lama na barra de uma roupa. Uma nódoa, algo que devemos limpar ou apagar.

Um resto, algo repugnante ou vergonhoso, onde Franz e eu voltamos a nos encontrar.

7.
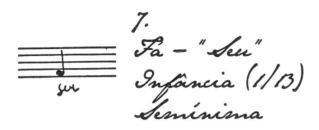
Fá - "Seu"
Infância (1/13)
Semínima

Uma mulher se perfila à cabeceira. É gorda e carrega uma enxada. "Pode ser sua bisavó." Ergue-se um pouco, examina. "Saia daqui!" Sugiro que você fale de minha infância, que troque seus medos pelos meus. A mulher desaparece.

Sabendo que sofro, mas sem entender do quê, você me leva a um neurologista. O médico prescreve exames que nada revelam. Para dar um nome ao que não tem nome, você determina: "Esse menino sofre dos nervos." A expressão, "doença dos nervos", gruda em meu semblante. Palavras que preenchem o vazio estendido entre nós.

Um dia, você diz: "O vazio é um tapete." É um fim de tarde, estamos em seu escritório. Você aponta para o chão. "Por exemplo, este tapete." Pede que eu o arraste. É pequeno, murcho, quase não pesa; só com muito esforço, ainda assim, o carrego.

Não sei o que você pretende, me limito a cumprir suas ordens. Quando vê que me cansei, diz: "Você pode arrastá-lo para um lado, ou para o outro. Não importa: ele estará sempre em algum lugar."Você tem razão: nunca nos livramos do vazio.

Passo a acreditar, então, no diagnóstico que você me deu. Ele se torna uma pedra guardada em meu peito. No colégio, peço ajuda ao professor de biologia, um padre. Nervos são fios sensíveis que se desenrolam no interior do corpo — como um novelo que deus esqueceu dentro de nós. Através deles, escorrem impulsos que se deslocam para cá e para lá. Quando se movem muito rápido, provocam agitação. Quando desaceleram, trazem a angústia. Não há saída.

De onde vêm tais impulsos? Como um detetive que acumula o papel de vítima, passo a observar atentamente meu corpo, em busca de uma resposta. Não vêm do coração, que bate no ritmo habitual. Tampouco da cabeça que, confusa, é incapaz de emitir sinais tão nítidos.

Passo em revista meus pequenos vícios: as unhas que roo até sangrarem; os fios das costeletas e das sobrancelhas que arranco como espinhos; a pornografia. Os medos sem sentido — não de coisas que acontecem, mas de coisas que podem acontecer; não de objetos que me ameaçam, mas da ideia da ameaça.

Com os nervos destroçados, encarno, enfim, a doença que você viu em mim. Torno-me a sentença que você proferiu.

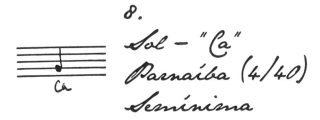

8.
Sol – "Cá"
Parnaíba (4/40)
Semínima

na poltrona ao lado, um passageiro ressona. Quantos daqueles homens se assemelham a você? Sujeitos duplicados, reproduzem a parte mais brutal do masculino. Bocas abertas que roncam sem pudor, camisas que expõem os pelos e as gorduras, sapatos soltos pelo chão e meias com o cheiro da morte.

Olho para meu vizinho. A barriga repugnante. Seus suspiros imitam um trinado. Ah, as aves! Preciso parar de pensar, mas como desligar o pensamento? Ouço, então, sua voz: "Quero descer." Tomo um tranquilizante, busco uma noite artificial; mas o sonho que me vem é verdadeiro.

Você passa uma temporada na Europa. Perto de casa, tomo um café em um botequim. Na ponta do balcão, diante de um copo, eu o vejo. É você sim: o mesmo rosto largo, as mesmas orelhas redondas, a mesma expressão de dor —

como se o mundo lhe exigisse mais do que pode dar. Até o terno, de listras, eu reconheço. Os cabelos melados em brilhantina. O bigode fino, marca de uma insistência na juventude. Tudo está ali, cada coisa em seu lugar. Como em uma vitrine.

Você lê um jornal — *A Noite*, onde trabalha como repórter. Esconde-se nas notícias, que o tornam um homem real. Até o suor, que sempre umedece sua testa, está ali. Nenhum erro. Penso em chamá-lo, dizer qualquer coisa — mas fujo.

Já na rua, chego a um telefone público. "Notícias do pai?" Minha mãe diz que não. As palavras me saem tortas: "É que tive um sonho." Digo isso, que tive um sonho, dentro de meu sonho, você entende? Nesse momento, também meu sonho se duplica.

Retorno ao bar. Você continua com o rosto mergulhado no jornal, a mesma fome de realidade. Atento, como se, em um breve vacilo, o mundo pudesse lhe fugir. É preciso vigiar o mundo. Pais se parecem com guardas, sempre pensei.

Agora de pé e às suas costas, ergo a mão direita — como se fizesse um juramento. Alguém grita: "Isso não!" Meu vizinho de poltrona me acorda. "É a última parada. É nossa chance de jantar." Ali, não sei por quê, começou o livro que planejo escrever.

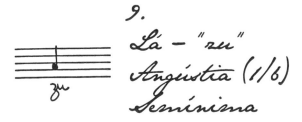

enquanto escrevo, a angústia. A mesma dor sem nome que, em *A metamorfose*, destrói Gregor Samsa. Fingir que sou Samsa, considerar que isso é verdade, poderá me ajudar a escrever? É sempre assim: os livros que escrevo me esmagam. Assemelham-se às chineladas com que nos livramos das baratas.

Vejo-me em uma sala pequena e sem luz, atulhada de objetos desconhecidos. O espaço se estreita, os movimentos são mínimos, ou inúteis, a respiração é lenta. Escritores são solitários. Estou na solitária.

Também sua presença sempre me despertou angústia e me achatou. E você indiferente ao inseto (ao Samsa) em que eu me transformava. Minha pequena metamorfose.

A angústia é feita de miudezas; infiltra-se nos detalhes, esconde-se nas frestas. Pela manhã, eu não podia entrar no banheiro se você, sempre apressado, tivesse esquecido o pijama sobre o balcão ou os chinelos diante da pia. Suas roupas desprendiam um cheiro de impostura. Em meio aos ladrilhos gelados, impunham uma atmosfera que se parecia com uma mentira.

Então, eu entrava às pressas (como um caixeiro viajante, como um Samsa); alguém que está só de passagem por um território que não lhe pertence e que lhe é adverso. Chegava movido pela necessidade — de me lavar, de urinar. Empurrado.

Como Samsa, também eu tinha um chefe que não me dava um só momento de folga. Alguém que vivia para me vigiar. Você era esse chefe. Ainda hoje é.

No chão do banheiro, eu deparava com suas roupas amassadas. Aquele odor, entre a potência e o sangue, me oprimia. Meu corpo se abria como uma ferida. Viver era ceder à violência desse cheiro.

A opressão, se me doía, me fez ver que só me restava lutar. Mas, em meu caso, toda reação era sempre fracassada. Eu me agarrava, imitando os náufragos (um Robinson), àqueles destroços. E ali fiquei.

Em meio ao desastre, flutuava seu pijama. Casca da noite, resto de horas passadas entre o pesadelo e o gozo, sobra de um pai que, naquele momento, banhado, bem vestido, bem alimentado, circulava pelo mundo, muito longe de mim.

10.

Fá – "za"
Infância (2/13)
Mínima

Tenho os olhos vazios. Um sopro ergue minha íris. Sou, como se diz, um Sampaku, alguém incapaz de ter uma reação adequada ao perigo e que, por isso, traz os olhos deslocados pelo pavor.

Também Franz Kafka se esquivou da luta contra Hermann, preferindo a mudez. Embora nervosos, seus olhos continuaram fixos, depositados bem no centro das órbitas. Talvez porque em seus escritos ele não parasse de gritar.

Minha íris não toca a parte inferior dos olhos. Ao contrário, ela se ergue — como se batesse asas, lutando para escapar das pálpebras. Diz-se que os Sampakus habitam um espaço cinzento entre a vida e a morte. Sempre me senti um pouco separado da existência.

Em situações de risco, congelo; nessas horas, meus olhos se erguem na esperança de não ver.

O que se esquece é que os Sampakus trazem uma ventania interior. Tumulto intenso, que desloca todo o corpo, não só os olhos. Os nervos sacolejam, os músculos esticam, os órgãos balançam e se chocam contra os ossos. Com seus olhos opacos, eles (nós) caminham no grande olho de um ciclone.

Um dia, em um mercado, uma mulher — com olhos saltados de formiga — deu um nome (outro nome, sempre um abismo) ao que sou: "Você parece um peixe morto." Estava nervosa porque, por um descuido, atirei o carrinho de compras em seus pés.

A expressão "peixe morto" me choca, pois evoca um assassinato. Ao usá-la, a mulher me mata um pouco. "Assassina" — mas as palavras não me saem. Uma leve náusea as substitui.

Espanta-me que veja em mim um peixe, que é escorregadio e indecifrável. Peixes, você sabe, pai, morrem pela boca, asfixiados pelas palavras que não conseguem dizer. A boca aberta e os olhos arregalados pelo espanto inútil. Não por horror ao que veem, mas pela grande gosma que levam dentro de si.

A frase da mulher me surpreende; arregalo mais ainda os olhos, acentuando o defeito que ela vê em mim. Tento dizer alguma coisa; as palavras (deslizando como peixes) me fogem. Enquanto isso, a voz esganiçada esfaqueia meus nervos. Suas palavras são o selo que legitima o destino de uma carta. Meu segundo batismo.

Peixes mortos trazem um olhar duro e perdido; lembram os olhos de cristal ostentados pelos caolhos. É um olhar que não está ali; que existe menos para ver e mais para ser visto.

Você chegou a confundir essa rigidez com uma manifestação de força. Fui um péssimo artista, não consegui sustentar o script salvador.

Decidido a não desistir, levou-me a um médico de olhos. A ideia de que meus olhos traziam a marca de uma desordem interior o infernizava. A íris fora do lugar provocava uma inversão em minha perspectiva; e, por isso, o mundo me vinha invertido também.

"Faça um esforço para me encarar", você pedia, mesmo sabendo que, quando eu o encarava, meus olhos deslizavam em outra direção. Não como os olhos viscosos dos caolhos, que se derramam para os lados; ao contrário, eles se erguiam, perseguindo alguém (ou algo) acima de você. Eles o humilhavam.

"Esse rapaz não tem nada. Seus olhos são normais." Achei que você fosse esmurrar o médico. "Um ignorante", você resmunga ao entrar no elevador.

Vamos a um café. Diante do balcão, pela primeira vez, percebo que também seus olhos se erguem como os meus. Não é só um efeito do desnível físico. Você está sentado, eu de pé; estamos frente a frente e, mesmo assim, seus olhos saltam.

A descoberta me horroriza; ela me rouba um resto de esperança. Esperança de quê? De que, nem que fosse por imposição da biologia, eu pudesse me desviar de você.

Como nos Sampakus, sempre que recordo essa descoberta a coragem me falta. O medo de falar da semelhança confirma a semelhança. Só agora penso que a mesma coragem também lhe faltou. Você teve tempo para me fazer perguntas que não fez. Para expor dúvidas que, por certo, engoliu. Para se debruçar sobre meu peito e chorar pelo que nós dois perdemos.

Ambos nos esquivamos da luta. Esse vazio, que agora é só meu, me lembra um ringue abandonado.

No fundo da plateia, dois lutadores, abraçados, se encolhem. Nós dois.

11.
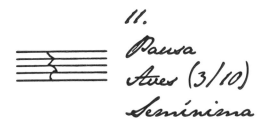

Tenho pena do professor Jobi. Leva uma vida tediosa e só pensa em meu livro. Por que não escreve um? Agora me diz que o sobrenome Kafka, na verdade, não significa "gralha", e muito menos "perdiz". Cometi um grave erro, se desculpa.

E tenta corrigi-lo. Em alemão, "käfer" (uma palavra semelhante a "Kafka") significa, na verdade, "besouro", acrescenta. Como desconheço o alemão, fico com suas suspeitas. Superioridade da ficção: aqui faço da verdade o que quero.

Penso no inseto em que Gregor Samsa se transforma; para alguns uma barata; para outros, um besouro. Convenço-me de que se trata, realmente, de um besouro. E isso importa?

O professor me ajuda a expandir minhas associações — e a me confundir. Se "käfer" é "besouro", argumenta, "mistkäfer" é escaravelho. Há algo de maligno nos escaravelhos, nome mais específico para os besouros de hábitos coprófagos — isto é, os comedores de fezes.

Algo muito infeliz se guarda nesse sobrenome, o professor resmunga. Melhor eu me cuidar. Por que não escolher outro escritor? Por que não escrever, por exemplo, sobre Goethe?

Em um salto, minha mente ilumina a figura do Sr. Escarabajo — escaravelho em espanhol —, que foi seu colega na redação de *A Noite*. Durante muitos anos, você foi repórter policial. O Sr. Escarabajo era o chefe da Reportagem. Sempre o teve em alta conta e o favoreceu com pequenas vantagens.

Jantou, certa noite, em nossa casa. Minha mãe, hostil aos estranhos, não apreciou seus modos. Quando você o defendeu, ela, em uma grosseria rara, limitou-se a dizer: "Trata-se de um merda."

Minhas suspeitas aumentam quando Jobi me diz que "Mistkäfer", escaravelho, traz um prefixo, "mist", com conotações depreciativas. "Por exemplo, "kerl" significa "cara". Mas "mistkerl" significa "cara de merda", ele exemplifica, satisfeito.

Não me mete medo. Ele me observa com descaso e acrescenta: — É tudo muito desonroso.

Bato asas em torno de você, meu pai, um homem em cujo peito nunca cheguei a pousar. É um voo doloroso, mas insistente. Um destino intocado.

Os versos de Jorge de Lima, que o professor Jobi um dia recitou, relampejam em minha mente: "Dá-me as penas para eu escrever minha vida/ tão igual à ave em que me vejo/ mais do que me vejo em ti, meu pai".

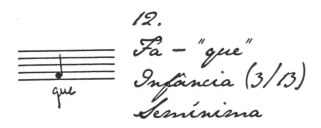

Um circo monta sua tenda defronte a nossa casa. O grande destaque é um hipnotizador vindo de Cantão, o professor Zwang. Você resolve pedir ajuda.

Descemos os lances de uma plateia vazia. No picadeiro, diante de sua mesa de trabalho, o professor Zwang nos espera. À sua frente, objetos pontudos evocam a bancada de um açougueiro. Entre eles, um pequeno peão.

"Trouxe o menino. Ele sofre dos nervos. Já não sei o que fazer." A conversa entre vocês me escapa. Falam em voz alta, como se eu não estivesse presente. E não estou mesmo — tanto que as palavras se perdem. Suponho que o professor Zwang lhe forneça explicações gerais a respeito de meu mal e lhe explique como procederá em meu caso. Nada disso me importa.

Tenho 11 anos. Nessa época, leio e releio o *Robinson Crusoé*, de Daniel Defoe. A cada releitura, mais próximo me sinto de Crusoé — sozinho em minha ilha deserta, a que cheguei graças a uma grande teimosia; em um mundo de forças violentas cuja lógica me escapa; cercado por um céu imenso e obscuro, diante do qual toda explicação é inútil.

O professor Zwang gira seu peão. É uma peça comprida, cheia de estrias e em forma de gota. Estou apreensivo. Mesmo assim, entrego-me à proposta do professor: concentro-me na dança interminável. Com meus olhos de peixe morto, persigo os movimentos circulares do peão. Ele é minha coleira.

A experiência que se segue não chega a ser uma experiência. Simplesmente não recordo, nunca consegui recordar, o que aconteceu depois. Alguns minutos de minha vida me foram roubados.

Já estou em casa, e você explica a minha mãe o fracasso da visita. Assim resume sua decepção: "Acho que ele conseguiu hipnotizar o hipnotizador."

Muitos anos depois, descubro que o sobrenome do professor, o estranho Zwang, é um termo usado por Sigmund Freud para falar da compulsão, da pressão, da obsessão que invadem o psiquismo. A correspondência me impressiona, embora ela não tenha impedido o professor de fracassar.

Ou Zwang terá conseguido o que desejava?

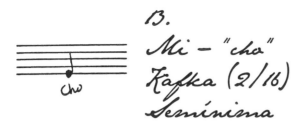

F olheio a *Carta ao pai* em busca de algum sinal de que você a tenha lido. Nada encontro. Nenhuma anotação, comentário, nada. Até que, para meu horror, no alto da página 50, em grossas linhas vermelhas, deparo com a prova.

Está sublinhado: "Comigo não existia praticamente luta; minha derrota era quase imediata; apenas subsistiam evasão, amargura, tristeza, conflito interior."

Não sei se você chegou a ler o livro que lhe dei. Sei que, na página 50, você encontrou (e assinalou) o que talvez tenha tomado como a essência de nossa relação. Uma essência que — grande paradoxo — é uma desistência.

Primeiro, o modo (covarde) como eu (um Franz de segunda classe) me esquivei de enfrentá-lo. Como fugi da luta e preferi me punir com o combate interior.

Ainda hoje, em minha escrita, perpetuo este combate. Ele não passa de uma sobra da luta que não lutei — e que agora tem pernas próprias. Preferi me esconder no conflito interior; a fuga para dentro continua a me agitar. Ela forma o labirinto em que me perco e no qual, só porque me perco, eu escrevo.

À guerra interior, três outros atributos se ligam. A evasão (a própria fuga). A amargura (aflição, tremor, mas também padecimento moral). A tristeza (decepção, desencanto). Tudo que, para me salvar, converti em palavras. Tudo que aqui mastigo.

Desses três atributos (três buracos), eu parti. Todo ponto de partida é um rombo. Se nada há a preencher, não se anda.

Mas — horror —, e se não foi você quem sublinhou a frase que hoje me atordoa?

Quando você morreu, ajudei minha mãe a desmontar seu escritório. Vasculhei cada prateleira, cada gaveta, cada escaninho. Nenhum sinal do livro perdido.

Talvez você o guardasse em outro lugar. Talvez o tenha emprestado a algum de meus irmãos que, depois de ler (ou sem chegar a ler), o vendeu a um sebo. Talvez você mesmo, indiferente, o tenha vendido.

Minha mente não descansa. Quem sabe, na longa temporada em que o livro passou nas prateleiras de um sebo, alguém o folheou e, por rebeldia ou por maldade, sublinhou a maldita frase?

Ou alguém o comprou, leu, marcou a frase medonha e depois o revendeu ao mesmo (ou a outro) sebo.

Nesse caso: quem é esse pai secreto que usurpou seu lugar? A que pai, agora, eu me dirijo?

14.
Ré — "rar"
A família (1/8)
Semínima

Chego, enfim, a Parnaíba, a cidade em que você cresceu. Trago o projeto insano de recuperar seu passado. Uma loucura, uma estupidez — um livro.

"Afinal, o que você procura?" — me pergunta meu tio Antonio, que me serve de guia. Trabalho como um arqueólogo, que escava sem saber o que vai encontrar. "Eles, ao menos, têm uma ideia vaga", meu tio me corrige. Não sigo ideias, mas impulsos. Vou à frente, não atrás. Algo me empurra.

"Voltemos aos fatos", ele se aborrece. Visitamos o Patrimônio Histórico do município. De uma gaveta, meu tio retira, entusiasmado, o brasão da família. Um escudo retangular com a figura de um leão. No exterior do escudo, a figura se duplica, agora com asas que evocam a Esfinge.

Na base de nossa família há um enigma, proposto pelo leão imitador. Um enigma, uma imitação e (novamente) uma duplicação.

Você me falou, um dia, da falsa origem da família. Em Lisboa, um jovem comerciante desposa uma Castelo Branco. Após as núpcias, o casal emigra para o Brasil. Na costa do Ceará, um naufrágio. A mulher morre, ele sobrevive. Para homenageá-la, o marido, um Queiroz, adota o sobrenome da esposa. Dele — como uma nave que se prende a um fio imaginário — descende toda a família no Brasil.

"Investigue isso melhor", meu tio sugere. Não farei isso: não quero correr o risco de perder a lenda que você me deu. Prefiro conservá-la, mesmo à custa da verdade. A verdade esfaqueia. A ficção enrijece.

Como um verdadeiro Castelo Branco (pois o verdadeiro Castelo Branco, a julgar pela lenda, é falso), fico com a ficção.

A origem fraudulenta da família, que promove e consagra a mentira, me interessa bem mais. Uma família que se liga não pelo sangue, mas pela fantasia. Uma família que inventou a si mesma: pode haver origem mais nobre?

Talvez agora meu tio entenda o que busco. Não faço uma pesquisa, não reconstituo uma história, atravesso um sonho.

Por telefone, aconselho-me com o professor Jobi. No brasão do imperador Asoka, que reunificou a Índia, ele me diz, há também uma esfinge, formada por três leões.

A ligação está péssima, mas o principal não me escapa. Sob a enigmática figura tripartida, uma frase: "É a verdade que triunfa."

Ameaçadora condição da verdade, que tem várias cabeças e oferece respostas discrepantes à mesma pergunta. Verdade que, no fim, é mentira também.

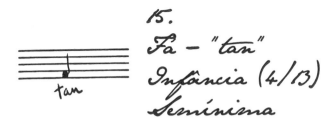

Seu Agostinho usa um terno surrado, sua muito e tem o rosto coberto de crateras. Você me diz: "Ele vem da lua. É um lunático". Enquanto eu me perco no abismo das palavras, ele me observa.

Fica sempre no hall de entrada. Seus pés, em sandálias de franciscano, são redondos. Ardem, pois ele os abana com um jornal. Gotas de suor lhe escorrem pelo pescoço e entram pela camisa.

Eu o espreito pelo vão do corredor. Dali, tudo que vejo é um cenário enviesado, no qual Seu Agostinho ocupa o centro. Um centro inclinado de que, só a muito custo, ele não cai.

As mãos, grossas e peludas, trazem manchas azuladas como o luar. Às vezes, ergue a barra das calças para coçar os tornozelos, exibindo canelas cheias de escamas. Talvez seja um peixe. Um homem-peixe vindo dos esgotos, a quem minha mãe, por piedade, oferece um prato de comida, que ele devora com as mãos.

"Seu Agostinho não sabe usar o garfo", minha mãe explica. "Ele pensa que o garfo é uma arma e teme se machucar." Restos de arroz e feijão lhe escorrem pelo peito. A face pálida. Os gestos mecânicos. Estará morto?

Muito antes de assistir a meu primeiro filme de terror, considero a hipótese de que, talvez, alguns mortos permaneçam entre os vivos. Ele seria um desses homens insistentes que se recusam a desaparecer.

"Eu só o recebo porque seu pai me pede", minha mãe diz. Nunca pude entender a amizade entre vocês. Penso: "Eles escondem um segredo." Não há segredo algum. Dois homens, a distância, se encaram. Mesmo com horror se aceitam. Lutam.

Talvez Seu Agostinho seja um enviado da morte — como se ele fosse um representante comercial, que chega para tratar de negócios ou cancelar um contrato. Você o recebe para barganhar alguma vantagem ou um adiamento. Seu Agostinho é a morte e, diante dele, nós nos sentimos mais vivos. O buraco que abre em nossa casa nos ajuda a respirar.

Você diz: "Tudo bem, velho?" Ele nunca responde. Traz as respostas no corpo. Basta-lhe ser.

Está sempre a ruminar alguma coisa, uma baba, ou mesmo a ausência de alguns dentes. "Parece que ele mastiga as palavras", você comenta.

Não são palavras, é o tempo. Seu Agostinho adia as espinhas que me surgirão no rosto. Enquanto se arrasta para o nada, não preciso crescer.

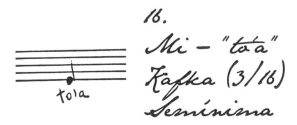

Hermann desprezava os escritos do filho. Isso não impedia Franz de escrever, mas o levava a se sentir — as palavras são dele — como um escritor-minhoca.

Na carta ao pai, admite que, apesar de tudo, conquistou alguma autonomia. Vitória relativa, que o levou a se sentir como "a minhoca que, esmagada por um pé na parte de trás, se liberta com a parte dianteira e se arrasta".

Escrever se iguala a rastejar, o que o aproximava dos vermes e das serpentes. O que, hoje, o aproxima de mim.

Quando lhe dei a *Carta ao pai*, também eu agi como um verme que, disforme, se arrasta em duas direções.

De um lado, imaginei que, já que as palavras me fugiam, a carta podia funcionar como um estepe — um substituto — e falar em meu nome. De outro, usava o livro como um escudo. Franz permitia que eu emudecesse.

Tudo que eu lhe dava, pai, apesar de Franz e sua eloquência, era o silêncio.

Escolhi como mais adequadas para falarem em meu nome palavras que não eram minhas. Ao lhe dar a carta a Hermann, eu lhe entreguei, na verdade, um enigma. Para você, que nunca o leu, e para mim, que não chegava a decifrá-lo.

Uma caixa vazia, que podia conter qualquer coisa, o que prova que o gesto (de aproximação) era mais importante que seu conteúdo (suas "razões").

Recordo minha agonia. Suportaria sua avaliação? O que você leria naquelas palavras que me escapavam também? Que tipo de representante, afinal, era Franz?

Um diplomata, neutro e digno? Ou um falsário, alguém que eu simulava ser, só uma imagem sob a qual eu me encolhia?

Era como subir ao palco para representar uma peça escrita em uma língua que eu desconhecesse. Eu poderia repetir os gestos, os movimentos, talvez até os sons — mas jamais saberia o que eles carregavam.

Como você nunca leu a carta, não pude contar com seu testemunho. Ela se tornou um enigma que, como uma ponte avariada, se estende entre nós.

Enigma que, aqui, não tenho a intenção de decifrar, mas só de percorrer. Sim, porque este livro é uma travessia. Não escrevo sobre você. Eu escrevo através de você.

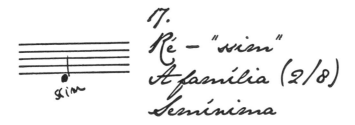

está no brasão do Piauí: "Impavidum ferient ruinae". Trata-se de um verso de Horácio. A tradução canônica diz: "Suas ruínas feri-lo-iam sem assustá-lo."

A frase inteira é assim: "Se o mundo despedaçado desmoronasse, suas ruínas feri-lo-iam sem assustá-lo."

A sentença de Horácio fala do que me atormenta. A viagem a Parnaíba, no topo do Piauí, subverte o pouco que eu sabia de mim. Estendidas sob o sol nordestino, minhas verdades se esfarelam e secam. São minhas ruínas.

Um torpor meio estúpido me toma. Eu o confundo, a princípio, com a alegria. Depois percebo que é uma dor. Mas ela não me assusta.

Horácio é o poeta do presente. Sua máxima mais conhecida, Carpe diem!, prega o valor do agora. O que fazem os versos de Horácio no brasão do Piauí? O que faz o presente no brasão de meu passado?

Pensava Horácio que o homem só suporta o transitório. O definitivo o massacra. Por isso, precisa romper os vínculos com o que lhe precede e, também, com o que o espera mais à frente. Restringir-se às coisas que são.

Decido honrar os versos do poeta: uso uma tarde de folga para visitar uma tia distante. Dizem que é louca, e por isso a confinam em um galinheiro. É suja e triste. "Não saberá quem você é", meu tio Antônio avisa.

Assim que me vê, ela desvia os olhos para o chão. Sua humildade me agride. As palavras me faltam, mas meu silêncio a tranquiliza.

Até que me sai a frase: "Eu também não sei quem sou." Minha tia me encara pela primeira vez. Talvez minhas palavras não combinem com o homem que ela vê. Talvez, enfim, as palavras me desenhem um rosto.

Usa as unhas de violonista para ciscar o chão. Não consigo ler o que escreve. Talvez seja um poema. Acho que leio a palavra "sim".

Seus braços pendem ao longo do tronco. Minha pobre tia encarna o mundo que a precedeu. Imita as galinhas que um dia habitaram seu quarto; talvez, assim, se sinta mais verdadeira.

Penso em lhe dar um beijo, mas a repulsa me faz recuar. Saio enojado, não dela, mas de mim. Quando me perguntam o que senti, respondo, sem pensar: "É muito difícil visitar a si mesmo."

É sem pensar que as palavras mais dignas nos saem.

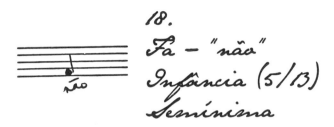

Vejo escrito em um muro: "Todo neurótico é um container." Estou com 12 anos, busco uma frase que me defina. No lugar mais improvável, eu a encontro.

Há um sentido duplo no verbo conter. De um lado, significa guardar, incluir. De outro, represar, frear o ímpeto, impedir. Aquilo que guardo é o que me refreia. O que incluo (o que sou) é o que me impede de ser.

Volto ao "container". Trata-se de um recipiente, em geral de grandes dimensões, destinado ao acondicionamento e transporte de cargas, me diz um dicionário. Guarda (esconde) aquilo que pesa e que, por isso, não pode estar em outro lugar. Também eu carrego minhas pedras.

Durante muito tempo, rumino a frase "Todo neurótico é um container" e decido que ela me define. As palavras me pesam; eu as contenho; o container, de fato, sou eu. Não que eu leve pedras verdadeiras dentro de mim. Carrego frases. Em vez de dizer que sofro dos nervos, você devia dizer: "Esse menino sofre do que diz."

Durante a confissão, o padre me pergunta: "Como você consegue viver com tantas frases na alma?" O comentário denuncia meu peso. Sou um rapaz franzino. Mas o sacerdote não fala de uma realidade física, e sim de um fardo interior que, de tão escandaloso, ele consegue ver.

Reclamo que alguma coisa me massacra. Não sei o que é. "Sempre as mesmas bobagens", você reage. Acha que preciso me esquecer (me distrair) de mim. Excluir-me. Não basta que os outros me excluam: eu mesmo devo me encarregar disso. Sim, o perigo sou eu.

No colégio, nos intervalos, me escondo (me excluo) em um pátio interno, em estilo espanhol, onde os alunos estão proibidos de pisar. Para que não me vejam, sento-me entre as plantas.

Um cão, muito ferido, se esquiva a um canto. Deve ser a lepra. Assustado, enrola-se entre um canteiro de lírios brancos. Mas não tira os olhos de mim.

Aproximo-me. Quero acariciá-lo; o medo me impede. Ele me olha em desespero, pede qualquer coisa — um pouco d'água, de comida, um afago.

Precisa que eu lhe dê qualquer coisa, não importa o quê. Precisa receber. Está vazio como eu. A diferença é que, enquanto ele late, eu escrevo.

19.

Lá – "se"

Angústia – (2/6)

Semínima

em você, nada me incomoda mais que o silêncio. É um pai de poucas palavras, que me observa com espanto. Estou sempre à espera de coisas que você não diz.

Através de mim, e não em mim, você enxerga um objeto secreto, que me é inacessível. Não posso imaginar o que seja.

Gosta de me provocar: "Você sempre esconde alguma coisa." A suspeita me desarma. "Não sei do que está falando." Limita-se à frase injusta: "Sabe sim", e me dá as costas.

Sua provocação é, na verdade, um esforço de aproximação. Esquivando-me do corpo a corpo (da luta), eu me afasto sem perceber que faço isso.

Entre nós, há um rombo. Talvez a isso você se refira. Talvez a essa distância que, através de mim, você vê.

Aprendi que a angústia é uma ausência. Não só uma pergunta a que não corresponde uma resposta, mas a ausência de qualquer pergunta.

Se você se referisse a uma dor, a uma mania, a um vício, seria mais fácil. Mas não é disso que fala, e sim de algo que desconheço. Algo que, para mim, não existe. Algo que me falta.

Acontece a toda hora. Estamos no barbeiro. Enquanto aparo os cabelos, você lê uma revista. De repente, em um impulso, exclama: "É isso!"

É uma frase involuntária — como um arroto, ou um espirro. "Desculpem, dei para falar sozinho." Sua explicação não desfaz meu pavor. É isso o quê?

Agora você faz a barba. Ansioso, folheio a revista em busca da resposta que o exaltou. Uma entrevista com um príncipe, uma reportagem sobre antiguidades, o relato de uma catástrofe. Nada.

Até que esbarro com a declaração de um colunista, destacada em letras vermelhas: "Não se pode modificar um filho."

"É isso!"

A frase o convenceu a desistir. Mas não é você que se afasta, nem sou eu que me afasto. Indiferente aos nossos esforços, alguma coisa se desliga. Nada podemos fazer, a não ser aceitar.

De repente, a energia cai. A máquina de corte deixa de funcionar e o barbeiro interrompe seu trabalho. Esperamos. Ao longe, um trovão resume nosso destino.

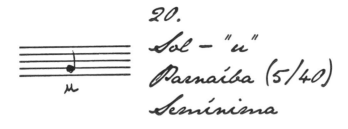

20.
Sol – "u"
Parnaíba (5/40)
Semínima

Por que escrevo essa carta? Você está morto, nunca a lerá. Não passa, portanto, de um falso destinatário.

Para quem escrevo, é mesmo para você? Talvez eu repita, um pouco, o projeto de Kafka, que escreveu uma carta para o pai, Hermann, mas a entregou à mãe. Justamente para que nunca fosse lida.

Quando lhe dei a *Carta ao pai*, também eu já sabia que você não a leria. Livros não o interessavam. É verdade: a frase marcada em vermelho desmente isso. Mas como saber se foi mesmo você quem a sublinhou?

Ribamar, o livro que planejo escrever, parte da maldita frase. Mesmo que apócrifa, eu a tomarei como suas últimas palavras. Falsas ou verdadeiras, o livro que escreverei coloca essas palavras no lugar da verdade.

É tudo que me resta: inventar uma verdade. Fico então com as palavras marcadas. Sem elas, eu não poderia escrever.

Nunca tive nada de meu. Em sua casa, eu vivia em um quarto de empréstimo, usava roupas que não escolhi, frequentava um colégio que odiei. A vida não me pertencia. Estava em completo desalinho comigo mesmo.

Você não era um pai indiferente. Cheio de dor, dizia: "Meu filho." Eu sabia que essas palavras vinham carregadas de amor. Mas, em vez de me encherem de força, elas me atravessavam o peito e me escorriam pelas costas.

Não terá sido esse transpassar que fez de mim o homem que sou? Ser não é permitir que a vida nos atravesse e agite?

Preciso acreditar, ainda hoje, que você me lê. Só assim poderei acreditar no livro que, um dia, escreverei. Por enquanto — enfim! — limito-me a lutar. Não com você, porque isso já não é possível. Com as palavras.

Na longa estrada que liga Fortaleza a Parnaíba, anoto em meu caderno: "Aqui luto, então isso é literatura." Talvez essa carta seja uma maneira de, enfim, enfrentá-lo. Não por vingança, como imagina o professor Jobi. Não para reparar o que não se repara. Mas para fazer um inútil gesto de carinho.

O ônibus sacoleja. Meu vizinho de poltrona acorda. Entramos, enfim, em Parnaíba. "É sempre bom chegar em casa", ele diz. Quisera poder repetir suas palavras.

Na rodoviária, Tio Antônio me recebe. Ansioso, pergunta: "Afinal, que livro você escreve?" Só me resta mentir: "Escrevo a biografia de papai."

Ele me observa, desconfiado. Afaga-me e diz: "Seja o que for, estou aqui para ajudá-lo."

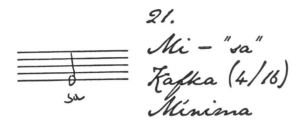

avanço em minhas anotações. A ascensão lembra uma queda. Isso se repete em meu corpo. É minha primeira tarde em Parnaíba, vasculho o comércio. Não sei o que procuro. Em uma loja me abaixo para observar alguma coisa quando meu eixo se quebra.

Não foi a primeira e nem será minha última crise. Parece que estou morrendo, mas sei que não estou morrendo. Deslizo em um espaço intermediário, em que as coisas já não são e nem chegam a ser.

Um casal me ampara e me recosta em uma rede. Ainda tonto, agradeço. "Obrigado, obrigado, obrigado." Também as palavras se fecham em círculo. "Isso fica para depois", o homem me interrompe, repetindo a frase odiosa de Hermann a seu filho Franz.

Trazem-me uma bacia para que eu vomite. Minha mente se liquefaz e escorre por minha garganta. Já não derramo palavras, só uma gosma. Penso nos líquidos que circulam pela placenta. Talvez seja o início de meu livro. Em um nascimento, algo sempre se abandona.

Envolta em meu labirinto, a frase — "isso fica para depois" — me enforca.

As crises, eu sei, são um adiamento. Algo me acedia, exige urgência, pede para ser feito. Recuo, me nego ao passo seguinte, me abstenho, e a desordem se estabelece. A vertigem substitui o avanço. Em vez de um passo à frente, um passo para dentro.

É uma falsificação (mais uma!) que repuxa (como um ralo) as coisas de que fujo. Na crise, já não posso escapar; o presente me amordaça. O futuro e o passado não passam de delírios. Eu sei.

Também Hermann Kafka, ao dizer ao filho a frase inaceitável, lhe quebrou a espinha. Entortou-o, derrubou-o. Em uma palavra: castrou-o.

Do mesmo modo, você sempre usava a mesma frase para me paralisar: "Não me venha com suas bobagens." É o que me diz quando, imitando Franz (em um grotesco teatro), eu lhe mostro alguns desenhos.

Servem de esboço para o retrato de um homem que, em muitas coisas, se parece com você. As sobrancelhas espessas e suspensas em arco — como as minhas. Os olhos caídos — e, nesse caso, podem ser meus próprios olhos. A boca pequena — que é sua, mas também me pertence.

Não é seu retrato, nem meu retrato; é a síntese de nossas semelhanças. Desprezíveis, e certamente inúteis, mas semelhanças. Dois homens, pai e filho, reduzidos a alguns traços. Um beijo, um nascimento.

Você nem sequer levanta os olhos. Sua indiferença me esmaga. Sou uma barata que se esquiva pelo vão da porta. Sou Gregor Samsa, a rastejar em meu quarto. Leio e releio, sem parar, *A metamorfose*, quando devia me deter na *Carta ao pai*. Mais um estepe, mais uma permuta que me deixa escapar. Um substituto. A vida, onde está?

Dois dias depois, no quarto do hotel, a experiência se repete. Quando acordo, é só erguer a cabeça, e o mundo recomeça a girar. Perdido nas galerias de minha cabeça, não consigo me mexer. Faço o que me resta: espero. O que sempre fiz. Ainda hoje: o livro que pretendo escrever, *Ribamar,* não passa de um adiamento.

Em minha mente, ideias se agitam e me nauseiam. Ideias que desembocam em novas ideias, e ainda em outras, em desfiladeiro. O labirinto é um sorvedouro. Assemelha-se às armadilhas que usamos para matar as baratas. A gosma que vomito é a cola em que me prendo. Em que me mato. Gero minhas próprias algemas. Sou meu carrasco.

Por fim, me levanto. Tateando, chego ao vestíbulo. Derrapo, de novo, nas palavras! Também o ouvido interno, que chamamos de labirinto, dispõe de um vestíbulo. "Aquilo que inevitavelmente antecede, ou que forçosamente leva a algo", o dicionário ilumina.

Está explicado: sinto-me "a um passo de". Mas de quê? A crise é esse passo que não se conclui. Um pé se ergue, mas não avança; se detém em pleno ar. Perdemos o equilíbrio;

um rodopio se impõe como substituto da coluna. Estou a meio caminho. Estou entre.

Foi em um vestíbulo — na antessala da sacristia — que ouvi, pela primeira vez, a ameaça do padre Van Beck, meu confessor. "Vamos, recue enquanto é tempo. Ou você não voltará."

Sua voz vinha de seus intestinos. Estava carregada do ódio que ele disfarçava com as palavras piedosas do perdão. Referia-se a meus pecados. Acontece que meus pecados eram eu mesmo. Logo, era a mim que ele fuzilava. Fugir de si é morrer.

Sempre que as crises voltam, relembro-me de sua advertência. A mesma voz, traiçoeira, entre o acolhimento e a opressão. "Recue, ou você não voltará." Frase que, mais do que preencher um labirinto, é o próprio labirinto.

22.
Pausa
Aves (4/10)
Semínima

minha cama já não está em meu quarto, mas em uma praia. A mesma praia deserta de outros sonhos. A mesma ausência.

Pego o livro que lia antes de dormir. Para meu espanto, não é mais um livro, ele se transformou em uma pequena ave de metal.

Uma ave despedaçada. A cabeça pende de um corpo partido ao meio, as patas estão soltas, e as asas, retorcidas, se acomodam sobre o ventre.

De repente, as peças de metal passam a se mover. Retomam seu lugar, e a ave se ergue. Ela voa à altura de meu rosto. Até que — como um helicóptero que, para ostentar sua presença, se detém em pleno ar — a ave estanca.

Rangendo o bico de prata, ela se limita a dizer: "Não há nada além do que é".

Ponho-me a ruminar a frase na esperança de lhe extrair algum sentido. Não o encontro. Eis que uma segunda ave surge à minha frente. Paralisada, pronuncia uma segunda frase, que — ainda hoje, por mais que eu me esforce — não consigo recordar.

Sei, apenas, que é uma frase que desmente a anterior. "Não há nada além do que é", me disse a primeira ave. O que me disse a segunda?

Agarro-me à frase que tenho. Não há nada além do que é: dispomos apenas de nossa "maneira de ser", de nosso "estilo pessoal", de nossa "linguagem própria". Somos nozes vazias, embrulhos sem conteúdo, cascas. Assim me sinto: possuído por frases que não são minhas. Um envelope.

Por que consigo recordar a primeira frase, a afirmação, mas me escapa a segunda, seu desmentido? Por que o sonho me dá só a metade da verdade?

Talvez me faça uma proposta: que eu a invente. "Não há nada além do que é", e é desse constrangimento, desse limite desagradável, que devo fazer alguma coisa.

Para me acalmar, observo a praia. A mesma solidão, o mesmo sol, o peso do silêncio. Areia, mar, nada. O mesmo cenário que se repete; de que escaninhos de minha mente ele vem?

Uma ideia me ocorre: habito a mesma praia em que Robinson Crusoé, o náufrago, se salvou. A mesma ilha a que ele se agarrou para não morrer.

Talvez por isso eu insista em escrever. Meu livro, *Ribamar*, este livro que agora anoto, não passa de um destroço a que me agarro. Ele é o que me resta — é o meu resto.

Quando, enfim, retornar à terra firme, não precisarei mais dele. Será como o molde que, uma vez a roupa pronta, os alfaiates a jogam fora. Então, ele será apenas um livro.

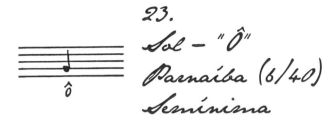

Tio Antônio é só um vulto em meu passado. Ele também, uma sobra. Por que escolhi como guia um homem que não pode me compreender?

Em minha memória, meu tio não aparece. Restam algumas frases (ecos da infância) a que, com avidez, eu me agarro. Isso deve bastar: de que se faz um livro, senão de palavras?

Você nos leva ao futebol. Uma partida sem importância, as arquibancadas estão vazias. Algumas aves sobrevoam o estádio.

Esperamos, em silêncio, o início do jogo. Distante de tudo, meu tio retira alguma coisa de sua pasta. Você grita: "O que é isso em suas mãos?"

Antônio, seu irmão caçula, é poeta. Indiferente às circunstâncias, ele abre, em pleno estádio, um livro de Jorge de Lima. "Você não vai fazer isso comigo!" Sem ligar suas palavras de desgosto ao livro que ele acaba de abrir, Antonio pergunta: "O que você quer dizer com *isso?*"

O silêncio, deformado pelos fogos que celebram a entrada em cena dos dois times, nos encobre. Quando, com grande esforço, eu me preparo para rompê-lo, você me corta: "Vamos prestar atenção ao jogo."

Outra maneira de dizer: "Isso fica para depois."

À noite, pergunto a meu tio o que há naquele livro. "São coisas de que um menino não deve se aproximar." Na capa, entrevejo o nome de Jorge de Lima.

A partir daí, a poesia se torna, para mim, uma transgressão. Sem se dar conta disso, você me atiça o desejo de escrever. Você me empurra para a literatura. Não posso dizer que seja uma vocação; não houve escolha ou predisposição. Quando dei por mim, já estava aqui.

Anos depois, encontro meu tio, por acaso, em um café. Vou para a faculdade, sou eu quem, dessa vez, levo comigo um livro.

Meu tio não tira os olhos do livro que aperto sob o braço. "Vamos, que livro é esse?"

É um romance ingênuo que eu, por vergonha, escondo. O que um tio rebelde pensará de mim? Enquanto ele lê para avançar e se fortalecer, eu leio para voltar atrás e para fugir. Livros, de fato, podem tudo.

Insiste tanto que eu o mostro. Abre um sorriso, aceita minha aflição. "Não é o autor que escreve um livro, mas o leitor."

Com uma frase simples, deposita sobre meus ombros um destino. Quando saio do café, já sou outro.

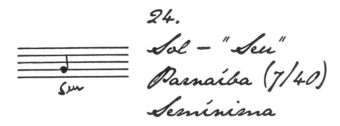

24.
Sol – "Seu"
Parnaíba (7/40)
Semínima

a penumbra da Matriz me convida a entrar. É uma pequena capela de interior, decadente e sem atrativos. As paredes frias revestidas por túmulos.

Examino as inscrições fúnebres. Na lápide de D. Carolina de Seixas e Miranda, falecida em 1850, leio a frase que me paralisa: "Meu Deus! Incompreensíveis nos são os segredos do destino!"

É uma frase gravada em nome da morta. Alguém — o viúvo, o pai, um filho — a grava em seu nome.

Em nome de quem eu escrevo?

Volto a pensar na frase. Que outra coisa você diria a um filho que lhe escapa? Pouco nos entendemos. Apesar de meus esforços tardios, a distância permanece. "Incompreensíveis são os segredos do destino."

Você não entenderia o que procuro. Não aceitaria que eu use seu nome para encobrir o que desconheço. Talvez esse nome, Ribamar, não passe de um tampão. É preciso dar um nome ao que fazemos.

Um "xiiii", "xiiiii", semelhante ao zumbido dos besouros, me entra pelos ouvidos. O chiado ecoa pela nave, ricocheteia nas paredes geladas, me envolve. "Xiiiii".

Um pedido de silêncio — mas tão ruidoso? Um aviso — mas tão incompreensível? Se o emitem para me atrair, o resultado é inverso. O ruído me afasta. Atordoado, como se me chamassem em uma língua morta, saio da igreja.

Só depois de descer os últimos degraus, eu entendo. É uma velha que, na escada, furiosa, reclama uma esmola. Encaro-a, e o zumbido aumenta: "xiiiii", "xiiii". Em vez de me comover, ele me afasta. Algumas moedas, e a velha ficaria quieta. Prefiro ignorá-la, deixar que exploda e enfrentar o sol.

Sem olhar para trás, atravesso a praça. O besouro, mesmo a distância, me segue. Primeiros sobrevoos de uma série de elevações que não me deixam mais em paz.

Assim eu chamo: elevações. Ruídos, palavras, frases que me arrancam do chão, me levando a esperar mais do que devo. Talvez assim se explique o que vim fazer em Parnaíba: alçar voo e, em disparada, escapar de mim.

Ou será o contrário? Talvez não seja uma fuga, mas uma queda. Nesse caso, onde caio? Caio em mim.

Penso na velha. Curva, achatada, obscura, se assemelha a uma barata. Terão vocês se conhecido? É muito idosa, talvez se aproxime dos cem anos. A hipótese me assombra.

Incomodado, eu a esqueço. Tropecei no passado e o desprezei. A história que persigo é feita de fios delicados, que minhas mãos grossas não conseguem repuxar.

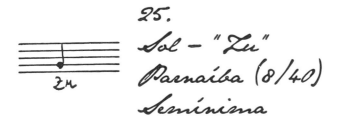

No meio da praça, uma caixa de vidro. Tochas, bandeiras negras, arames. Um homem se estica em sua cama de pregos. Em torno, perplexos, espectadores o reverenciam.

Na face branca, exibe ossos de sofrimento e a palidez de homem que se exclui. Preso na caixa, abdica do humano. Torna-se não um objeto, porque isso ainda seria alguma coisa, mas um dejeto.

Os olhos, esbugalhados, só a muito custo se mantêm abertos. As mãos, inquietas, se agarram ao peito. "Lartor, o faquir de Timon", uma placa anuncia. E mais nada.

Como ler este homem? É o que ele me pede: que eu o decifre. Mas como ler um sofrimento que é, também, um espetáculo? Como alimentar uma fome que pede, em troca, não só a piedade, mas o gozo?

Penso imediatamente em Kafka: está quase tudo em "Um artista da fome". A honra da abstinência. A alegria da dor. A coragem de viver para o pior.

Dor e prazer costuram o mesmo destino. "Para que tu pênis" — diz a voz que me persegue. Não se apresse em entender, pai — chegará a hora.

No conto de Kafka, o artista é um jejuador que, deitado em um leito de palha, exibe uma alegria animal. Um único objeto humano o acompanha: um relógio. Marca de sua resistência ao tempo, ele nos lembra que, do lado de fora, amordaçados a nossas vidinhas, afundamos.

Ignoro as razões da abstinência. Não é só para receber algumas moedas. Nem é pela alegria da miséria. Tudo isso é muito pouco. Em vez de explicar, sufoca.

Você sabe com que facilidade o espetáculo da dor me vence! Como cedo, sem lutar, aos apelos de uma infelicidade. Talvez a isso chamem de destino: a rapidez na desistência. Talvez a isso chamem de entrega. Mas que tolice!

A escrita de Kafka, lentamente, se apodera de mim. E eu, que há muito desisti da autoria dessa viagem, não resisto. Não sou um autor, mas um personagem. Em Parnaíba, submeto-me a leis que ignoro e a sentidos que não sei ler. Atuo e isso é tudo.

Resta-me o próprio Franz, não como um guia — porque sua escrita não conduz, aniquila —, mas como uma autoridade. Um pai? Alguém que, ocupando o lugar de leitor (meu leitor), enfim me dirige. E é bom que seja assim, porque a viagem é longa.

84

em junho de 1924, uma tuberculose mata Franz Kafka. A morte é o fecho coerente para um longo desfiar de queixas e de pressentimentos. Em Franz, as palavras doíam antes do corpo.

Quarenta anos depois, aos 13 anos de idade e desconhecendo o destino de Franz Kafka, decido: estou tuberculoso.

"De onde você tirou essa ideia?" — a perplexidade, disfarçada em desprezo, devassa seu rosto. Uma dor me atravessa o peito. Esprem-se entre o coração e as costelas, e chega às costas, ali onde, segundo meu entendimento, estão os pulmões.

"Dói quando respira?" Não sinto nada, pai. "Corre sangue de seu nariz?" Nem uma gota. Fosse um inquérito, seria arquivado. Fosse um diagnóstico, o declarariam fantasioso. "Você é hipocondríaco. Vá ao dicionário e veja o que é."

A vida sempre me joga de volta no colo das palavras. Desde pequeno, os dicionários me apaixonam. Ainda hoje guardo comigo um dicionário enciclopédico que ganhei de presente quando fiz oito anos.

Na letra "h", encontro a palavra que me adoece. Focalização compulsiva do pensamento sobre alguma parte do corpo. Presença de sintomas que nenhum exame consegue comprovar. Em resumo: mania.

A palavra mania me chicoteia. É aguda, dói mais que os pulmões. Vislumbro a figura dos devassos, dos depravados, de homens que, mesmo com o corpo saudável, apodrecem por dentro, só porque não se controlam.

Abandono, enojado, o dicionário. Em vez de fornecer uma definição, ele me empurra para um desfiladeiro. Livro diabólico, a destrinchar as palavras e encontrar, sob sua pele de letras, um ninho de sentidos. É isso, até hoje, o que me atrai nos dicionários: sua inconstância.

Lembro-me, então de um poema, o "Pneumotórax", de Manuel Bandeira. Eu o li, pela primeira vez, em uma antologia escolar. Sei que trata da tuberculose; não posso recordar um único verso. Agora entendo: é de mim que Bandeira fala. Tudo me diz respeito. Tudo me volta, como uma bofetada. Mesmo nos versos, a aspereza de um chicote.

Um dia, caminhando pela Lapa, Bandeira tem a sensação de que um anjo — sem que ele tenha tempo de vê-lo — finca duas asas (como lanças) em suas costas. Pode sentir o peso da plumagem que arrasta.

O poeta não tem coragem de olhar para trás. Estranhas asas que, em vez de elevá-lo, o empurram para o chão. Não o libertam, prendem. Intrigado, continua a andar, arrasta as asas invisíveis. Até que, por acaso, encontra com um amigo. "Você sempre com essa aparência de anjo." O comentário amoroso se transforma em uma confirmação. As asas existem.

Talvez esteja morto. Talvez, o que seria pior, habite um vão entre a vida e a morte. Bandeira sofre não da tuberculose ou das asas, mas de si. A poesia é a maneira frágil como ele se encorpa. A poesia é seu corpo.

Também minha dor vem de asas que não tenho. Não existem, mas doem. "Quero que você me leve a um médico." Você ri, sem acreditar no filho que gerou. Um menino tonto que vê coisas e sente coisas. E, no entanto, eu estou ali. O mais grave: sou seu filho. Você precisa suportar isso.

Por fim, cansado, me leva ao consultório de meu tio João, um pneumologista. Depois de me examinar, ele me beija e diz: "Esse menino não tem nada." Volta-se para você e, com a delicadeza de quem toca uma ferida, diz ainda: "Ele precisa pensar menos."

Gasto minha pequena mesada comprando livros, como posso ser feliz? "Meu filho é uma traça." Algo em mim, pai, de fato, se traça — mas esse riscado escapa a seu amor. É amor sim: levar-me a meu tio, mesmo a contragosto, é uma prova de amor. Ainda que inútil, ou porque inútil?

Meu tio recomenda a ginástica, o ar puro e os banhos de mar. "Esqueça os livros, você sofre deles. Prefira a vida." Quer que eu perca a palidez e que encorpe.

Dias depois, como insisto em reclamar da dor, você resmunga: "Meu filho não tem saída." Fala de um filho distante, o filho que me nego a ser. Não é de mim que você fala, mas você não sabe disso.

"Meu filho não tem saída": a frase me empurra, em definitivo, para dentro de mim. É daqui que escrevo, de meus subterrâneos.

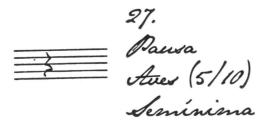

Li *Robinson Crusoé*, pela primeira vez, aos 11 anos de idade. Eu me sentia emparedado, incapaz de impor uma ordem (qualquer ordem) a meu mundo.

Foi um alívio quando descobri um homem, Robinson, que — como eu — não contava com ninguém, mal contava consigo mesmo. E era disso, desse "mal contava", que ele precisou partir.

Também eu tinha de fazer alguma coisa de meu quase nada. Ao vazio, desde então, me apeguei.

Até hoje, tenho o hábito de começar meus textos com a palavra "nada". Pego uma folha em branco, abro um caderno, inicio uma página no computador. Antes de tudo, escrevo: "nada". A inscrição (que nada diz) me autoriza a prosseguir. Só porque algo falta, posso ousar algumas palavras.

Pronto o texto, apago a palavra, nada, que me serviu de trampolim. Mas é a partir dessa palavra oculta — e absolutamente desprovida de utilidade — que consigo escrever.

Estirado na areia, cochilo. É uma tarde de sol. Outra vez, as aves, que dançam sobre minha cabeça.

Ao longe, ouço a voz débil de minha mãe que, com grande esforço, entoa uma canção. Boa parte da melodia me escapa; as palavras, apenas gaguejadas, se evaporam. Sei que é uma canção de ninar, porque me dá vontade de dormir.

Ocorre que sei, também, que estou sonhando; logo, já estou dormindo. E a ideia de dormir dentro de um sonho — um sono dentro de outro sono — volta a me afligir.

Dias depois, procuro minha mãe e lhe pergunto pela canção que me ajudava a dormir. Eu não a cantava, ela me diz. Seu pai a cantava para você. Chama-se *Cala a boca*.

Com as pontas dos lábios, minha velha mãe cantarola os primeiros versos. "O Seu Zuza/ Seu Cazuza/ Que chorar tanto assim/ Não se usa".

Como pode recordar? Minha mãe está mais surpresa ainda. "Eu não sabia que sabia. Foi sua pergunta que me fez lembrar." Bastou cantar as primeiras notas, e uma nota puxou a outra, como as pérolas de um colar. É isso: uma música é um colar que se desenrola.

Anoto a letra. Não me preocupo em registrar a melodia; tantos anos depois e, sem saber disso, não a esqueci!

Também eu não sabia que sabia. Por longos anos, a melodia permaneceu intacta dentro de mim, à espera desse retorno. Bastou-me ouvir dois ou três compassos, e a reencontrei.

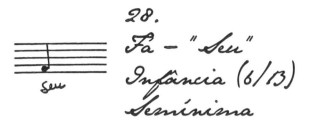

Visito minha mãe. Tentamos conversar, mas as palavras (aves alvoroçadas) nos fogem. Aceito seu silêncio. Ela me olha com os olhos de gelo. Olha através de mim. (Também eu: em vez de escrever um livro sobre você, meu pai, escrevo um livro através de meu pai.) O que minha mãe vê?

Tento enxergar as coisas que, através de meus olhos — pois ela me encara —, minha mãe consegue ver. Às minhas costas há um espelho. Ao me voltar, deparo comigo. Observo-me: ao contrário dos olhos luminosos de minha mãe, tenho olhos turvos. Olhos nublados de recordações.

Então, em voz quase inaudível, ela cantarola a segunda parte da velha canção. "Frio lio li/ frio lio li/ frio lio lé/ cala a boca mimoso José".

Assim que termina, recomeça. Presa na rede de palavras, já não pode parar.

É a mesma música com que seu pai, Lívio, o fazia dormir. Mesma música, ainda, com que Manuel Thomas, meu bisavô, embalava o sono de meu avô, Lívio. Na memória despedaçada de minha mãe, a canção continua intacta.

Sempre que chega a meu nome (a nosso nome), em um esforço excessivo, ela ergue um pouco a voz. "Cala a boca mimoso José." Seu rosto se avermelha. Ela se exalta.

Para me proteger, observo o espelho. Lá estou: os olhos fundos, a face enrugada, uma papada, os cabelos grisalhos, quase brancos.

Ao lado do espelho, sobre a cômoda, há uma antiga foto em que você aparece de paletó e gravata. Deve estar com seus 50 anos. Um pai sereno, que nunca consegui ver, agora me observa. Mas não é você quem me observa; fotografias não veem. Eu mesmo me observo.

"É estranho: seu pai cantava essa música, eu nunca a cantei", minha mãe diz. "Como posso me lembrar?" Perplexa — uma voz interior canta em seu lugar —, ela se cala e me observa. Mas a música não para.

"Não sei por que canto", ela diz. Depois, com um grande esforço, articula uma explicação: "Pode ser que seu pai a esteja cantando e que eu só esteja repetindo."

Naquele momento, decido: o livro que escreverei, *Ribamar*, terá a estrutura dessa canção. À frente, um emaranhado de palavras. Ao fundo, uma música que sopra.

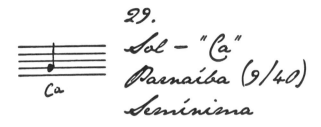

a fome — que, ao contrário do faquir de Timon, eu desejo matar — me leva a uma lanchonete. Na mesa ao lado, a mulher resmunga: "Isso aqui é um inferno." Está sozinha, talvez fale comigo. Você tem razão; a mim também o calor incomoda.

Olha-me surpresa. A língua, pálida, se derrama sobre o batom. Nela se concentra, como uma ferida, aquilo (a fala) que um bicho não pode engolir. Sim, a mulher me lembra uma doninha.

Julguei que falasse comigo, eu me desculpo. "Não falo com estranhos. Eu me basto." Tento me concentrar em meu sanduíche. Mastigo em silêncio, escondo a língua.

Um menino se oferece para engraxar meus sapatos. Por desespero, aceito. A mulher o adverte: "Ei, garoto, cuidado com esse homem. Ele não é daqui."

A camisa de mangas compridas. Meu sotaque carioca. Meu espanto. Pequenos sinais. Só agora percebo que a mulher respira de boca aberta. Ofegante — cansada de si.

O menino luta com os sapatos. Movimentos fixos, de hipnotismo. Sua voz, pai, me volta: "Quero descer." Não entendo o que você me pede, mas suas palavras — como valises vazias, que fingem carregar o que não existe — me amparam.

Não é que eu queira isso ou aquilo; preciso só de um pedido para fazer de bengala.

"Pode cantar mais baixo?" O menino se espanta. Se ele canta (e parece, de fato, embalado por uma melodia), canta para dentro. Como a mulher pode ouvir a música que o garoto entoa em sua cabeça?

Também eu me afogo na velha canção de ninar. Ela toca em meu interior e rege essas anotações. Agora mesmo, enquanto escrevo, eu a ouço.

Ocorre-me que devo encontrar meu tio — preciso de um sentido. Que ele venha de fora, de um mal-entendido, ou de uma ilusão. Mas que venha. Preciso dos erros de meu tio, de sua suposição fantasiosa de que escrevo uma biografia (a sua biografia), ou não serei capaz de seguir.

O sol a pino. Fracas, as pessoas se arrastam para a borda das calçadas. Fogem do que não se pode fugir. Sem o sol, Parnaíba não existiria. Sem essas palavras que ardem, o que seria de mim?

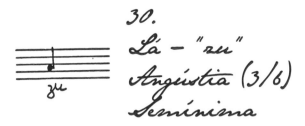

Você me pergunta: "Afinal, o que nos afasta?" Não há uma resposta e é isso que nos afasta. Houvesse uma resposta, qualquer uma, a mais odiosa delas, e a distância não existiria.

Você me fez essa mesma pergunta no dia em que resolveu me ensinar a nadar. Um filho deve se sentir seguro ao lado do pai que o ampara; seu amor próprio deve crescer; a autoconfiança nasce desse contato.

Estamos de férias, não temos pressa. Enquanto me ampara pelas costas, você sugere que eu boie. Está sereno e não dissimula o prazer em me ajudar. Em me dar um colo.

Nada disso importa. Não consigo relaxar. Nada funciona.

O peso de suas mãos, em vez de me proteger, me gela. Tenho calafrios. Talvez você queira me afogar, se livrar de mim. Seu rosto plácido, grudado ao meu, é só uma máscara; quando o sol a derreter, ela escorrerá por seu pescoço e se dissolverá na piscina.

O que essa máscara esconde? Antes escondesse. Qualquer coisa: o ódio, o desprezo, a vontade de matar. Não esconde nada — e é aqui que meu coração se desregula.

Ao perceber meu incômodo, e que todo o seu esforço é inútil, você me empurra para fora da água. Volta com a pergunta atroz: "Afinal, o que nos afasta?" Não consigo responder, e meu silêncio é uma confirmação de sua suspeita.

"Por que você não tenta?" Não sei. "Tentar o quê?" Já não é uma questão de saber, mas de ser. A resposta mais verdadeira seria: "Não sou."

"Vamos lá, está quase conseguindo", você me leva a tentar de novo. Braços e pernas se agitam. Esforço-me, não se pode negar, mas meu esforço me destrói. Ele me impede. Desistisse, e talvez...

Em um gesto final de aconchego, e para me proteger de mim, você me abraça. "Não me sufoque!", eu grito. "Deixe-me respirar, preciso de ar." Ainda me debato quando você me deita em uma espreguiçadeira.

Assim que percebe que respiro melhor, você volta ao ataque: "Afinal, o que nos afasta?"

Caminhamos juntos ao longo do mar. Sei que busca a pergunta certa e não a encontra. Sem saber qual pergunta você me fará, já sei que ela não comporta uma resposta. Não é algo que se refere a nós dois, pai e filho. Mas um impasse da língua. Não é o corpo que entra em pane, mas a palavra.

Um homem passa e pede as horas. "Meio-dia", dizemos em uníssono. A sincronia me assusta. Você empalidece. Há, ainda, uma esperança.

31.

Fá – "za"
Infância (7/13)
Mínima

Viajei a Parnaíba na esperança de restaurar sua infância. Tudo que encontro são pedaços da minha. Torno-me, assim, o obstáculo que fecha meu caminho rumo a você. Volto a ser o filho inconveniente.

Como me livrar de mim e me concentrar em você, pai? Piso uma estrada escura, só consigo ver a ponta de meu nariz. Ele avança à minha frente e não parece ser meu. De quem é esse nariz que se interpõe entre nós?

Por causa do nariz grande que se destaca em um corpo franzino me chamavam de mentiroso. Você — confirmando a acusação — diz que exagero; as coisas comigo se tornam, sempre, maiores do que são. Uso um óculos que, em vez de clarear, deforma.

Você desconfia das histórias que trago da rua. "Esse menino está sempre a ver coisas." Minha mãe tenta me entender: "Acho que ele vê através das pessoas." Sempre isso: através. Pode ser uma qualidade, é também um defeito. Ao perfurarem o mundo, meus olhos deixam escapar o que os outros conseguem ver: o próprio mundo.

Culpam meu nariz. "Ele tem o faro muito desenvolvido, como nos cachorros." Especulam, fazem piada, debocham Não percebem o quanto me pesa meu destino de farejador.

Ainda muito jovem, compreendo que os homens se fortalecem pela capacidade de não ver. Não ver, não sentir, não pensar: isso é a força. É o que chamam de "frieza". Como permanecer frio com um nariz que me ultrapassa? Um nariz que, em fogo, me queima?

Um dia, me vem a ideia de mutilar o nariz. Não chega a ser um apêndice descomunal que me transforme em um monstro. Acontece que meu nariz me encobre. Antes de me verem o veem. Ele se interpõe entre mim e o mundo. Uma dessas máscaras do carnaval que trazem um narigão e um par de óculos.

Poderia usar a navalha com que você se barbeia. A ideia do sangue, porém, me faz retroceder. Quero reduzir o que me destaca, quero ser um garoto comum. Desses que, quando vistos nas fotografias, entre colegas de escola, não passam de mais um. Não quero ser outro: quero ser apenas eu.

Quero ser mais um, e mais ninguém. Pertencer a uma série: eis o que define o masculino. Os ternos, os uniformes, as fardas: isso é um homem.

Um dia, resolvo tentar a operação. Para não ver o sangue que escorrerá, besunto meu nariz com espuma. Diante do espelho ergo a navalha. O pavor me leva a dar só o primeiro talho, muito fino.

Voltam-me as palavras de Franz em seu diário: "Vejo que em mim tudo está pronto para o trabalho poético e que esse trabalho representaria para mim uma solução divina, uma entrada real na vida." Talvez a poesia possa ser uma porta. Com a navalha, tento abri-la.

Só quando o sangue estanca, saio do banheiro e vou para a mesa de jantar. Invento uma história qualquer, um vidro de loção caiu da prateleira e me atingiu o nariz. Você não acredita, mas desconversa: "Está bem." Fala sempre "entre linhas". Meu destino.

Imitando Franz, também eu, pobre de mim, acredito que tenho um mandato. Não faria essas coisas absurdas só por prazer ou por julgar que elas realmente funcionam. Se ainda assim as faço, é porque alguém me ordena. Cumpro ordens. Embora não admita, eu também visto uma farda.

Quem me comanda? Não ouço vozes, não tenho visões. Não deliro. Sei quem sou, sei onde estou, sei (mais ou menos) o que quero. É aqui que as coisas se agravam. Também não acredito em possessão. Que mandato, então, eu cumpro? Em nome de quem, afinal, ajo?

Talvez seja a poesia. Talvez a isso Franz chame de trabalho poético: a capacidade de, sem delirar, sem perder o senso do real e sem precisar de aparelhos, tomar distância de si. Viajar até o miolo das coisas. Perfurar — como meus olhos frios — a pele quente do mundo e, através dela, observar o asqueroso interior.

Agora, diante do mesmo espelho, você se barbeia. Quando nota que o observo, sorri. "Não se preocupe. Não vou me cortar." Logo depois, em um deslize, um pequeno rasgão de sangue se abre em seu queixo. Minha vingança.

Não pode esconder a fúria: eu o desnudei. Um pai também se fere. Também traz dentro de si o fracasso. Um pai é só uma máscara que a biologia sustenta.

Os laços paternos nada têm a ver com o sangue. Desprezo os mitos da genética. Não é porque o sangue escorre que você me comanda. Não sigo seu mandato. Ao contrário: ao ver aquele fio vermelho, tudo o que quero é beijá-lo.

Beijar seu queixo, sorver o sangue e dele me alimentar.

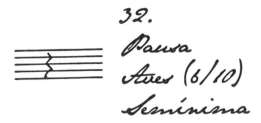

a canção de ninar que já não me embala, mas atordoa, se chama *Cala a boca*. Eu a batizei assim. Talvez seja melhor trocar o nome, o professor Jobi sugere, pois é muito agressivo.

Não farei isso. Preciso sustentar o mandato que você me destinou. A mim, filho inquieto, cabe o silêncio. A literatura não passa do avesso do silêncio; por isso você não lia.

A música que você, meu pai, cantou para me tranquilizar. A mesma que seu pai, Lívio, cantava para fazê-lo dormir. A mesma, ainda, que meu bisavô, Manuel Thomaz, cantou para meu avô. Uma canção ingênua, um fio de delicadeza a ligar os homens da família.

Decido: essa música, a *Cala a boca*, é a espinha de meu livro. Romances devem ter um esqueleto, ou desabam. Pois o livro que escreverei, *Ribamar*, terá uma melodia como suporte. Não um índice de capítulos ou um sistema de ideias, tampouco algum evento do real. Nada parecido. Meu livro será o desdobramento de uma música e isso deve bastar.

Tomo notas para um livro que canta. É também um livro que, através dos sonhos, se torna um ditado. Uma ordem — emanada de onde?

Nas duas primeiras noites em Parnaíba, tenho dois sonhos. Sempre a mesma praia deserta. Sempre as mesmas aves. Entre os estalar de asas voltam as palavras, agora espremidas em duas frases asquerosas.

Na primeira noite — eu anoto aos trancos —, uma voz dita: "Cada dor tem uma palavra que a envolve, mas que não é aquela dor, e que por isso deixa de ser só uma palavra."

Desmonto, aos soluços, a frase. Palavra alguma pode estancar uma dor. Contudo, qualquer palavra que usemos para isso carregará, sempre, uma parte dela. Ela deixa, então, de ser só uma palavra e se torna um pedaço da própria dor.

Na segunda noite, a mesma praia, a mesma solidão e ainda as aves. Asas que estalam. Entre elas, a segunda frase: "Até a dor a qualquer preço querem matar, sem se importarem com a mensagem alarmante que ela carrega."

Penso no mundo em que vivo: tranquilizantes, anestésicos, ideologias, religiões, entorpecentes. Tudo na esperança de estancar a dor. Contudo, quando se mata uma dor, mata-se o segredo que ela guarda. É melhor que doa, pai. Trate de suportar.

Escrevo para preservar esse segredo. Não para revelá-lo ou decifrá-lo, mas para conservá-lo como o que ele é: algo que sempre se oculta. Para isso se escreve: para sustentar um silêncio. Com o manto das palavras, cubro seu corpo de velho.

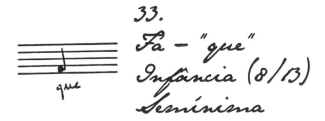

"Cada dor tem uma palavra que a envolve, mas que não é aquela dor, e que por isso deixa de ser só uma palavra." A frase me aconselha a não separar palavra e dor. A não quebrar o mistério.

A cada dor corresponde, sempre, uma palavra. Qual será a palavra de minha dor?

Você dizia: "Meu filho sofre de si." Sou minha própria doença, sou minha dor, você afirma. E, desanimado, lamentava: "Esse menino só se aquieta quando dorme."

Eu ouvia suas frases como um desejo de me anular. De me matar. A tradução que experimento inverte o sonho do parricídio.

É verdade: não sei se me recordo bem das frases. Fora as que surgem em meus sonhos e que anoto aos trancos, as outras frases, que eu atribuo a você, me chegam em meio a uma grande zoeira. Não ouço direito. Não sei quem fala. Eu as deformo segundo minhas conveniências. Com essas frases, pai, eu o afasto.

Agora que você não pode mais protestar, agora que está retido em seu último silêncio, nada me ameaça. Posso tudo: e é contra isso — contra esse tudo — que devo lutar para conseguir escrever. Um escritor que pode tudo nada tem a dizer.

Filho vingativo (terá o professor Jobi razão?), manipulo o que você me diz, moldo as palavras segundo meus interesses, falsifico. Não é só o pai que faz o filho. O filho, de modo mais traiçoeiro, constrói (destrói) o pai.

Não, pai, não escrevo para me desforrar. Escrevo para chegar mais perto de você. Nossos atos, porém, nos ultrapassam. Quero fazer uma coisa e faço outra. Diabos.

Quando menino, eu entrava em seu quarto só para vê-lo dormir. Para ter certeza de que você estava vivo. Mesmo quando você saía de casa, podia sentir o cheiro acre de sua roupa, perceber os restos da brilhantina em seu pente, o traço de seu corpo no pijama amassado.

O amor filial não está livre do erotismo.

Mas, quando você voltava para casa, meus sentimentos se reviravam. Sua presença desmentia o que a ausência me dava. Eu tinha (todo filho tem) um ideal de pai que o próprio pai desmente. Ausente, eu o sentia. Presente, nós nos perdíamos.

"O que você procura em meu quarto?" Gaguejando, só conseguia dizer uma palavra que, se denunciava minha fraqueza, falava também da grandeza de minha busca: "Nada." Que mais um filho pode buscar senão o próprio pai?

Talvez buscasse o livro — a carta — que, um dia, eu iria lhe dar. Penso isso agora para atenuar o peso daquilo que escrevi. De nada adianta.

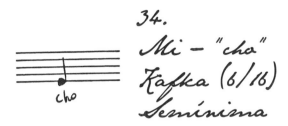

em 1906 — o ano em que você nasceu —, Franz Kafka, com 23 anos de idade, frequenta os salões literários de Berta Fanta, no n.º 18 da praça da Cidade Velha. A residência de Berta, mulher de um renomado farmacêutico, é conhecida como a Casa do Unicórnio.

No topo do telhado, a estátua de um unicórnio sustenta este nome. A distância, Franz vê apenas o corpo de um cavalo. A cabeça de veado, a barba de bode, as patas de boi e o chifre comprido se dissolvem na escuridão.

Berta Fanta — eu leio em uma biografia de Kafka — é discípula de Franz Brentano, que foi professor de Freud em Leipzig. Franz Kafka (seu prenome duplica o de Brentano e isso o incomoda e atrasa) é sempre o último a chegar.

Fica de pé, no fundo da sala, dissolvido em seus trajes escuros. Não se entrega aos argumentos de Brentano, que agitam os nervos de Berta. A coincidência de nomes o leva, sempre, a se esquivar.

Franz vê Brentano, ainda, como um duplo de seu tio, o poeta Clemens Brentano. O desfiladeiro de associações o assusta. Um dia, comenta com o amigo Max Brod: "Esse homem diz coisas maravilhosas, mas não sabe o que diz." Palavras: luzes ou mantos?

Espelha-se menos no sábio, e mais no unicórnio que, indiferente ao falatório filosófico, vigia no topo da casa. À saída, volta a observá-lo. Sente calafrios. Em uma carta a Milena, rememora: "Tudo era excitante, encantador e horrível."

Também eu, em minha viagem a Parnaíba, trago comigo um livro de Brentano, o *Tratado das premonições brandas*. Comprei-o em um sebo e traz algumas páginas rasgadas. A Introdução explica que se trata de um ensaio inédito, descoberto nos anos 70, por acaso, em um arquivo de Leipzig.

O título me reconforta, pois garante o alívio dos sustos moderados. Já na segunda página, porém, deparo com uma ideia que me paralisa. "Mais vale a impotência de uma incerteza que a fúria de um dogma. Ao menos, ela não o ferirá".

Talvez por isso, pai, eu tenha preferido fugir: para não correr o risco de vencer.

Assim Franz Kafka definia a brutalidade das certezas: "Estaria em um mundo no qual não poderia viver." O mesmo mundo reto e vazio em que você me escapa, meu pai.

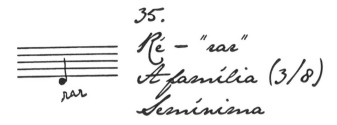

meu tio Antonio quer que eu pise o chão. Luta para me trazer de volta à realidade, quer me acordar. "Você sabia que, na bandeira do Brasil, o Piauí é representado pela estrela Antares?" Explica-me que Antares é uma supergigante vermelha. "Perto dela, o sol é só uma bola de tênis."

Pede que eu o acompanhe ao Arquivo Histórico, onde existe uma vitrine dedicada a Antares, a mais brilhante estrela de Escorpião. Uma etiqueta assinala: "O animal medonho disposto no céu, caminhando pela noite, parece superar o estado de constelação e se torna um ser vivo."

Encravado no peito do monstro, brilha o Piauí. Conclui meu tio: "O bem se incrusta no mal."

A leitura das etiquetas me agita a mente. Nasci no dia 8. Na astrologia, Escorpião é o oitavo signo do zodíaco. Com o coração aos trancos me ponho a contar as estantes que, enfileiradas desde a porta, antecedem àquela diante da qual nos perfilamos. Oito também.

Estamos no dia 8 de março de 2008. Inferno das repetições, que provavelmente nada significam, mas que, nem por isso, deixam de me aferroar.

Penso em Horácio e em sua célebre máxima, "Carpe diem!", que afirma a brevidade da vida e a estupidez do desejo de controlá-la. A frase me adverte, ainda, a respeito das ilusões a que me apego.

Reencontrar um pai? Você não deixou rastos. Nada se encaixa — e, por isso mesmo, tudo me interessa. Só por isso escrevo.

Meu tio nota meu mal-estar. Pega um atlas, abre sobre a mesa e lê. Os persas chamavam Antares de "a guardiã dos céus". Alpha Scorpii, seu nome oficial, está a 600 anos-luz da Terra — e aqui eu me livro do número 8!

Antares é 700 vezes maior e 10 mil vezes mais brilhante que o sol, meu tio se delicia. A paz dos números.

Penso no pequeno e miserável sol, que me massacra nas ruas de Parnaíba. Doloroso constatar sua fraqueza. Ele é só um espinho, provisório, pregado na grande colcha. Mais alguns bilhões de anos — um suspiro cósmico — e esfriará.

Aferrado a seu atlas, meu tio me lembra que Antares significa "Rival de Marte". Com quem competimos senão com o pai? De quem fugimos senão dele? Senão de você?

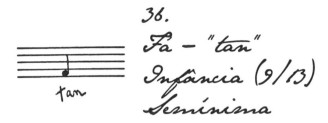

Quando menino, você lembra, eu preferia os heróis que se tornam invisíveis. Eu os imitava: desde cedo, inventei muitas estratégias para desaparecer. A mais criativa delas, a literatura.

Leituras parecem voos para fora, com que nos distanciamos (fugimos) do mundo. Na verdade, são voos para dentro, com que cavamos o que estamos destinados a ser. Cometi um grande erro. Ainda hoje, escrevendo, eu o pago.

Tudo começou quando, ainda de calças curtas, descobri Castro Alves. Aos 8 anos, nos bancos do colégio, li "O navio negreiro". Eu era um daqueles escravos que sufocavam nos porões dos navios. O poema não falava do passado, mas do presente. Falava de mim. Castro Alves: meu autor.

A grande devastação veio quando li o *Robinson Crusoé*, de Daniel Defoe. Sua história é minha própria história. Tento encontrar o homem que a (me) escreveu.

Defoe se tornou romancista aos 60 anos de idade. Não escreveu para se celebrizar ou para enriquecer, mas para dar uma forma a um mundo que começava a lhe fugir. Não foi um realista, mas tinha um compromisso grave com o real. Chegou a dizer: "Completar uma narrativa com invenções é certamente o crime mais escandaloso."

Pois é: escreve-se, sempre, por linhas tortas. Tornei-me um personagem (um leitor) arredio. A tentação da mentira ainda hoje me ronda. Em Parnaíba, sempre que me aproximo da verdade, me vem o desejo de temperá-la com a ficção.

Para quê? Para me esconder em mim, me diz o professor Jobi. Inverto seu comentário: se minto, não é para negar, mas para alargar a verdade.

Em literatura, dizia Defoe, inventar "produz um grande buraco no coração". Um rombo artificial que surge para esconder um vazio que, na verdade, já estava ali. Escrever (deformo Defoe) é expor esse vazio.

O escritor é um viajante que, contando apenas com uma precária bússola, chega a um destino que nunca planejou. Todo escritor é um náufrago. Um Robinson.

Nem por isso seu destino se torna menos verdadeiro; ao contrário, o inesperado o avaliza. A esse porto inexistente chamamos, enfim, de literatura.

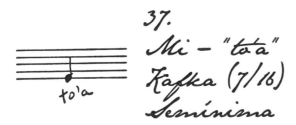

estou em sala de aula. Visto um uniforme impecável, as calças com vincos, a camisa engomada. Na cabeça, uma coroa de brilhantina. De relance, dou com minha imagem no vidro da janela. A luz não me atravessa, sou um manequim.

Com o rosto de menino, sou um velho. Sob a pele fresca, carrego perguntas sangrentas. Talvez seja um anão. Talvez um monstro.

A professora anota no quadro-negro a lição de francês. Em meu caderno, com letras frias de escravo, eu a copio. Ela repete, em linhas infindáveis, duas palavras: "Père diz".

A mistura de línguas não me surpreende. Conheço isso bem: minha timidez e meu silêncio escondem uma linguagem híbrida que imita a mistura entre o francês e o português. Uma língua que é só minha, fechada e intraduzível, que não se soluciona. A muralha que me cerca.

Quando o quadro está cheio, a professora passa a escrever pelas paredes. Logo as paredes também estão cobertas e ela começa a anotar no próprio vestido. "Père diz, père diz", repete.

Avança pelas mangas, pelos babados, chega aos sapatos. Quando não encontra mais lugar para escrever, bufando, se vira e me encara. Eu me pergunto se ela enlouqueceu.

Com o giz apontado como uma arma, o rosto furioso de quem se sente traída, ela vem em minha direção. Serei executado pelas palavras. A professora é só o carrasco que carrega a foice. Penso em fugir, mas a goma do uniforme me prende. Estranha armadura que, em vez de me proteger, me entrega.

Acordo. Eis o que aprendi: as aves que sobrevoam meus sonhos são perdizes. Pela boca dessas aves, é você quem fala, meu pai.

Você diz — "père diz" — e eu anoto. Também meus sonhos você passou a comandar. Já não tenho onde me esconder.

Busco uma lembrança consoladora, sempre fujo para dentro. Vem-me, então, a imagem de um palco vazio, sem atores, sem figurinos, sem cenários ou cortinas. O mesmo piso amplo e luminoso pelo qual, em meus pesadelos, uma voz ecoa.

Por que escrevo? Na esperança de nesse palco, enfim, tomar meu lugar.

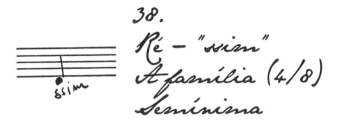

Você me chama a seu quarto. Chaveia a porta. Seu tom de voz é ameaçador.

Contrariando minhas previsões, me entrega um caderno. A capa enrugada, as folhas tortas. Limita-se a dizer: "Isso não me interessa, mas pode interessar a você."

É um diário de meu avô, Lívio. Em letras frágeis, registros dispersos se misturam a alguns poemas que, nos anos 20, ele publicou no *Almanaque da Parnaíba*. "São bobagens de meu pai. Por mim, vão para o lixo."

Estou diante de uma duplicação. Mais uma. Um segundo abismo, agora entre você e seu pai, repete o desfiladeiro que nos separou. Um destino grafado no sangue, uma herança genética — algo de que não conseguimos escapar.

Não temos culpa. A constatação, porém, não me consola. Em vez disso, aumenta meu desgosto.

Não me interesso pelos sonetos de meu avô, pomposos, com rimas odiosas, estúpidas exaltações de civismo. Um deles se chama "Progressos", mas a linguagem do passado destrói o título.

"É para você. Guarde." O presente se confunde com uma ordem. Não manifesta afeto, mas desejo de submissão. Você acrescenta: "Ou dê algum fim nisso."

Obediente, guardei por muitos anos o caderno — estojo em que se abriga a alma da família. Nunca mais o li. Você não me destinou o papel de leitor, mas de guardião. Obediente, eu o cumpri. Um soldado, ainda que com a farda em frangalhos.

Um dia, em uma mudança, eu perdi o caderno. Vasculhei malas, caixas, embrulhos. Nada. Não foram palavras que perdi, mas uma função. Fui destituído. Não por você, ou por mim mesmo, mas pelo acaso. Já não sou mais o representante de meu avô. O último fio de sangue se rompeu.

Ao me entregar o caderno, você me esboçou um destino. Caminho vicinal, a ligar avô e neto, sem a interferência do pai. Não sei o que esperava de mim. O mais provável é que nada esperasse.

Sigo em minhas notas — guiado pela música que continua a me infernizar. A voz de minha mãe desliza em meus ouvidos. Mas não era você quem devia cantar?

Notas para um livro, notas musicais. Tudo se mistura, não passo de um caldeirão. As palavras me fervem.

Relato minha história. Meu tio Antônio é rude: "Creio que você perdeu o caderno de propósito." A acusação me alivia. Ele começa, enfim, a entender.

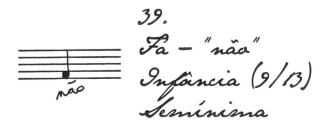

Tento me afastar de Franz. Não posso permitir que ele vire uma obsessão, ou não conseguirei mais escrever. Talvez seja melhor tirar seus livros de meu escritório. Guardar sua fotografia, Kafka quando jovem, que comprei em uma loja do castelo.

Fujo para os braços de outro escritor. Sempre os substitutos, sempre a mesma cadeia. Aqui deslizo, aqui me prendo.

É um erro, dizia Virginia Woolf, procurar o caminho certo. "Qualquer método é certo, todo método está certo." O escritor deve, acima de tudo, ter coragem. "Dizer que o que lhe interessa não é bem *isto*, mas *aquilo*: apenas com *aquilo* deve construir sua obra."

Trabalho com *aquilo* — algo que, por definição, está distante de mim. O mais difícil, nesse caso, é que eu sou *aquilo*.

Quando penso em mim, algo desliza e se distancia; como se, em um espelho, minha imagem, de repente, despencasse para o fundo e eu desaparecesse. O espelho vazio — o que resta de minha imagem, uma sombra, um dejeto — sou eu.

Aquilo sou eu. Sei que você sofreu com essa distância. Não entre mim e você, pai, mas entre mim e eu mesmo. Como confiar em um filho que não confia em si? Como acompanhar um filho que se afasta de si? Não foi fácil. E você bem que lutou, não fugiu da luta como eu.

A estratégia do *aquilo* — algo distante e repulsivo, o inseto em que Gregor Samsa se transforma — produziu um duplo resultado. De um lado, nos afastou. E me separou, em definitivo, de mim. Mas, de outro, lançado no grande vão que me separa do que sou, me protegeu. Graças a *aquilo*, me conservei inteiro. Fugindo de mim, tornei-me o que sou.

Como possuir algo que desconheço? Como dominar uma coisa que se define por me escapar? Como ser quem não sei que sou?

Aqui entra a escrita. Não como algo que "faço"; não como um "produto", uma "profissão" ou mesmo uma "criação". Mas, sim, como algo que, arremessado de mim, e sendo ainda assim eu mesmo, me representa. É *aquilo* que sou.

O que é *aquilo*? Isso (a distância outra vez). Isso que escrevo. Eu sou esse emaranhado de palavras. Estou mais perto de você, pai, do que de mim.

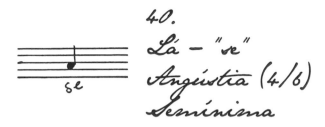

a nota Franz em seu diário: "Vejo que em mim tudo está pronto para o trabalho poético e que esse trabalho representaria para mim uma solução divina, uma entrada real na vida."

Também eu, muitas vezes, busquei a solução divina. Mais doloroso é reconhecer a fraqueza da mão que escreve. Observo minhas mãos. Magras, cheias de manchas, tensas. Percebo, porém, uma eletricidade. Ao escrever, choques.

Cansadas de tanto folhear livros. Menino, eu lia Stevenson na rede da varanda. Meus braços, pêndulos derramados para o chão, adormeciam e eu nem notava. Stevenson me transportava para longe de você. Ele me acariciava. Das mãos de Stevenson, sem nenhum esforço (como o sangue), as histórias escorrem. Ainda hoje, me afagam.

Stevenson não suportava a ideia de que suas histórias viessem de dentro de si. Para negar a autoria, afirmava que, em seus sonhos, lhe apareciam homenzinhos de cor parda, a que chamava de "brownies", que lhe ditavam seus livros. Não passava de um escrivão aplicado.

Empurrava para fora o que não podia suportar dentro de si. Eu o imito e digo que o livro que me preparo para escrever me é transmitido. Vozes visitam meus sonhos e me ditam caminhos. Sou o aluno disciplinado que anota.

Você sempre reclamava de meus sonhos e se recusava a ouvi-los. Por isso, passei a tomá-los como uma anomalia. Um sinal: de quê? Coisas se agitam em meu interior, e os sonhos as transportam.

Ainda hoje, nos sonhos, ouço frases — "abstratas", desligadas de qualquer autor. Elas dialogam comigo e alimentam minha escrita. Atordoa-me não saber de onde vêm. Mesmo assim, eu me submeto, como se fossem um castigo.

Repito — por pudor, por medo ou até por vaidade — a pergunta de Stevenson. Quem me dita essas frases? Quem relata as histórias que escrevo?

A diferença é que conheço a resposta: elas não passam de uma ficção interior. Se há um responsável, sou eu mesmo. Ainda que me sinta irresponsável (como, de fato, me sinto), não posso negar: é de mim, e de mais ninguém, que elas vêm.

Não tenho o direito de culpá-lo, pai. Não era você quem me emperrava o caminho. Eu me emperrava.

A ideia me dói. Se for verdadeira, não escrevo essa carta para você, meu pai. Nesse caso, copio a estratégia covarde de Franz. Eu a escrevo, na verdade, para mim mesmo. Você não passa de um falso destinatário.

Seria ridículo evocar os "brownies" de Stevenson. Não tenho homenzinhos marrons dentro de mim. Em algum canto de meu interior, no escuro, um vira-lata, em vez de latir, se encolhe.

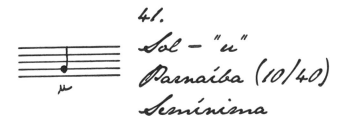

marco um encontro com Irineu, um amigo de infância. Viveu muitos anos no Rio. Na adolescência, retornou a Parnaíba, onde se tornou contador. Nunca mais o vi.

De longe, eu o avisto. Conserva os mesmos traços que trago na memória. Corro para abraçá-lo. Ele repele meu carinho com um empurrão. Parece não me reconhecer. "Passa! Passa!" — me enxota.

Sou um vira-lata que busca um afago e leva um chute. O rabo entre as pernas, a um canto, eu me encolho. Uma grande noite se abre sobre mim. Sou Gregor Samsa, um homem destinado a rastejar. A se alimentar de restos.

Não me impressiono com a desfeita e sigo até a porta da Matriz, onde marcamos nosso encontro. Trago a esperança de que meu amigo não tenha me reconhecido. Mas, se a alimento, por que não o chamei pelo nome? Por que não insisti em meu abraço?

Meu amigo Irineu surge logo depois. Entusiasmado, diz: "Já de longe, tive certeza de que era você."

Esse amigo verdadeiro se parece menos com o rapaz que trago na memória do que o amigo falso que, momentos antes, me repeliu. A divergência entre minhas lembranças e a realidade, agravada pela experiência da duplicação, me provoca uma vertigem.

Passo a tremer e ele percebe. "Você está emocionado, vamos beber alguma coisa." Eu, que minutos antes era um besouro e agora sou um amigo amado, preciso me recompor.

Vendo que me acalmei, reclama: "Por que você não me avisou que vinha?" Não queria ser tomado por alguém que já não sou, eu explico. "Não vá me dizer que você se tornou um esnobe." Prefiro isso: uma acusação. Como o lanterninha que, no teatro, ilumina uma poltrona vazia, ela me indica um lugar.

"Soube que escreve uma biografia de seu pai. Como vai o livro?" É mais fácil sustentar a versão da biografia. "Não, não está pronta." Mal sabe ele que jamais estará.

Trocamos lembranças. A cerveja o estimula a falar. Quanto mais fala, mais se distancia de mim. Entre nós ergue-se uma muralha de palavras.

Será para isso que tomo essas notas? Para que as palavras, como a fala inútil de meu amigo Irineu, me afastem ainda mais de você?

Um cachorro passa à nossa frente. Velho, coberto de feridas, manco, ele me olha. Não precisa dizer nada, expressar nada. O silêncio lhe basta para ser o que é.

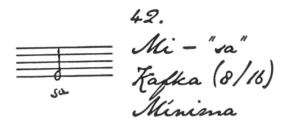

Franz escreve em seu Diário: "Vejo que em mim tudo está pronto para o trabalho poético." Está com 28 anos. Sabe que a literatura é um caminho sem volta. Tenta viver, pensa em se casar, mas só a poesia representa para ele "uma entrada real na vida".

Traz, porém, as mãos algemadas. Para se tornar poeta, precisa se libertar do pai. Que algo o impedia de escrever, não duvido. Mas seria mesmo o pai?

Aquele homem metódico, Hermann Kafka, que passa seus dias debruçado sobre um balcão de comércio a contabilizar encomendas e a reclamar dos fregueses, não tem, provavelmente, a força que o filho lhe atribui.

As garras do próprio Franz o seguram. As minhas próprias unhas que, desde cedo, nunca me cansei de afiar. Fincadas no corpo de Franz (agarradas a meu corpo) elas sangram. É só o que temos em comum. Eis onde nos tornamos irmãos: nas feridas.

É um sangue que não se pode ver. Não o sangue vermelho que circula nas veias, com sua presença gritante, mas um líquido invisível que, nos momentos extremos, escorre de mim.

Nas horas de desânimo, telefono para o professor Jobi. Aconselho-me ou me torturo? Eu invisto Jobi do papel de carrasco. Ele me vigia. Oferece-me um patíbulo. Castiga-me. Pobre professor que acredita ser o meu mestre.

A frase de Franz me faz recordar de outra frase que, certa manhã, ouvi de Jobi: "Você é um poeta. Mas, para sustentar o que é, terá de matar muitas coisas dentro de si."

Jobi me fuzila com a frase em pleno elevador. Leva seu cachorro para um passeio, está apressado. Ainda grita: "Pense nisso. Mal não lhe fará." Está sempre a me consolar com suas teses de portaria. Não sei onde quer chegar.

Agora, pelo telefone, repete a mesma lição. "Você é um poeta. Não se esqueça disso." Ora, não escrevo versos. Nunca escrevi. As notas que tomo para o livro que escreverei formam uma prosa difusa, que não é nem reflexão, nem confissão, nem ficção, e é tudo isso um pouco. Poesia não é.

Não sei por que o professor supõe que existe um poeta dentro de mim. Quer, provavelmente, me aprisionar em um papel que lhe seja útil. E, dessa forma, me comandar. Reter-me em um selo, me enfileirar em uma classificação.

Diante das lições de Jobi, por contraste, aprendo a amar seu silêncio, meu pai. Você não gostava de me dar conselhos.

Expressava suas preocupações com muxoxos, suspiros ou comentários rápidos que me pareciam banais. Tinha consciência da inutilidade dos laços que ligam um pai a um filho. Preferia investir suas energias em outras coisas. Estava certo.

Já não sei se me esquivei da luta. Tampouco posso entender por que você sublinhou justamente a frase que afirma isso. Seria para assinalar um mal-entendido? Para apontar aquele ponto negro (de desencontro) em que a relação entre Franz e Hermann estagnou?

Os dois se perfilaram, frente a frente, prontos para o combate. Ali ficaram à espera de um sinal para o ataque. Não havia um juiz, a plateia estava vazia. Não conheciam as regras. Tornaram-se prisioneiros de um sonho.

Acho que você diria: "Meu filho não é assim." Tivemos, sim, nossas pequenas lutas. Fracas, banais. Mas por que desprezá-las? Lutamos. Você vê coisas onde não existem. Não sublinhei a maldita frase.

Talvez eu tenha escolhido armas inadequadas, como um boxeador que, ao subir ao ringue, em vez de vestir as luvas, porta um sabre. Ou um esgrimista que, por engano, usa um manto de toureiro.

Foi o erro que cometi, quem sabe, quando lhe dei a *Carta ao pai*. Dias a fio, vi o livro largado em sua mesa de cabeceira. Quando você não estava em casa, eu o folheava em busca de algum sinal de leitura, alguma mensagem. Nada encontrei.

Aquele livro, que lhe entreguei como quem constrói uma ponte, se transformou em um obstáculo. Erguido entre nós, ali ficou a nos emudecer. Não uma ponte, mas uma muralha alta e escura a me oprimir.

Um dia, ouvi minha mãe lhe perguntar: "O que faz esse livro aqui?" Nunca esqueci sua resposta: "É só um livro que quero emprestar a um amigo."

Nada mais que isso: um empréstimo. Algo que se refere a um terceiro, e não a mim. Um livro que só de forma muito indireta, e insuficiente, fala de nossa relação.

Desde então, nunca mais vi o livro. Não sei se você o emprestou, se o guardou, se o vendeu. Ele desapareceu no grande abismo que nos separa. Ressurgiu agora, não para vedá-lo, porque isso não é mais possível, mas para me levar a escrever.

Cumprindo suas instruções, eu escrevo. Estranha carta que dirijo a você, mas que, na verdade, me chega. Sou a origem e o destino. Você é só uma palavra que carrego.

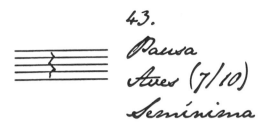

43.
Pausa
Aves (7/10)
Semínima

O professor Jobi insiste na pergunta: "Você continua a escrever só por vingança?" A ligação está péssima, uma tempestade cai sobre Parnaíba. A voz do professor me chega deformada. Mas qual é sua forma real?

Ele me provoca: "Você continua procurando uma resposta. Esqueça seu pai e cuide de sua vida." Aconselha-me a pegar o primeiro ônibus de volta para Fortaleza. Um pouco de sol, o mar, a brisa é do que preciso.

Nunca pensei em escrever para me desforrar. A escrita como uma vingança? Como punir alguém que já não está mais aqui?

Nem sei se escrevo um livro sobre você, pai. Tudo que me resta é seu nome, Ribamar. Em torno dele, eu sobrevoo. Seu nome é um furo que, como em um ralo, me suga. O repuxo me movimenta, é só isso.

O que me interessa não é tanto você, pai, mas o homem que dentro de você se esconde. Ser pai é um papel. Todo pai é uma máscara. Quem a porta?

Preparo-me para escrever não um livro *sobre* meu pai, mas um livro *através* de meu pai. Uma viagem através de você. Minha aventura não começa, mas termina em Parnaíba. A cidade é só um destino — como a etiqueta fixada em uma mala.

Não posso negar que eu o feri. Ninguém se torna pai sem alguma dor. Só o fato de existirem dois (e não um) já produz um rasgão. Falar do pai é falar da ferida que nos conectou e que, ao mesmo tempo, nos separou. Como um oceano, que liga, mas afasta dois continentes.

Tento me esquecer de você, meu pai, e buscar o homem que o interpretou. A vida é um teatro e cada um sustenta seu papel como pode.

Sonhei, um dia, que era um ator. Escolheram-me para o mais difícil papel de minha vida: interpretar a mim mesmo. Estava em um ensaio, sabia meu texto de cor, mas, quanto mais lutava para ser o filho que sou, mais dele eu me afastava.

O ensaio termina. Já na calçada, dou com um cartaz que, fixado em um muro, anuncia minha estreia. O título da peça me surpreende: *José posta-restante*. Não um filho natural. Mas um filho (como a correspondência depositada no correio para que a reclamem) que precisa lutar para ser. Que deve ser convocado, ou não existirá.

Restante: não passo daquilo que, nos esforços para ser, restou de mim. E isso — restar — é existir.

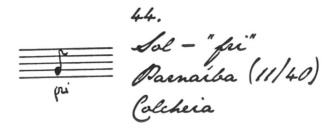

44.
Sol – "fri"
Parnaíba (11/40)
Colcheia

alguém que o tenha conhecido. Para quem você, Ribamar, não seja só um nome. Algum sobrevivente — com a condição de que ainda saiba dizer quem é. Decido: é o que procuro em Parnaíba. Alguém que o conheceu.

Que saiba ainda dizer quem é — mas que exigência estúpida! E lá sei eu dizer quem sou? Mal sei dizer o que procuro, o que não me impede de prosseguir. Simplifico: alguém que testemunhe.

Mesmo suspeitando de minha sanidade, meu tio Antonio sugere: "Vou levá-lo ao Lar de Alan. Lá talvez você encontre o que procura."

Faço uma reportagem sobre a velhice, gostaria de conversar com a diretora da instituição. Chego à sala de Madame Aquiel, última filha viva de Jean-Claude Aquiel, um francês, descendente de judeus, que se refugiou em Parnaíba nos anos 40. Com seu diploma de otorrino, fundou o asilo. Morreu atropelado por um boi.

Madame me observa. O calor não desmancha a pose europeia. Há um hóspede que já passou dos 100 anos de idade. Os documentos divergem, mas deve ter nascido entre 1904 e 1908. "Não sei o que um velho cego e demente poderá lhe dizer." Mas já que insiste.

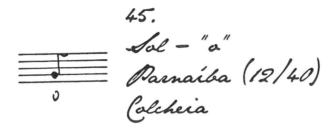

enquanto madame remexe em suas chaves, noto em seu rosto (estou sempre preso a redes literárias) restos das feições da escritora Nathalie Sarraute, que conheci em Paris, em uma situação embaraçosa.

Agendei uma entrevista com Michel Butor, a sentinela do Novo Romance. Encontramo-nos no La Maison Folle, um restaurante do Marais onde, uma hora depois, ele almoçaria com Nathalie. Sempre cautelosa, porém, ela chegou antes da hora combinada.

Fomos apresentados. A escritora se recusou a me apertar a mão. Não escondeu que o papel, miserável, de acompanhante a humilhava. Do queixo fino, a papada escorria sobre o colar de pérolas. Não abriu a boca. Guardo na memória, nítidos, os traços de sua humilhação.

Enfim — sintoma da literatura: sei que vi Sarraute em madame Aquiel. Aquilo me gelou. Da gaveta, ela puxou uma ficha. "É nosso hóspede mais antigo."

Falava de Mateus Martins, ocupante do quarto 17. Cego, o doutor (ele exige que usem o tratamento) vive entre ruínas. "Você mesmo não será mais do que um esboço", madame me adverte.

Acrescenta, para me intimidar: "Chamamos sua cela de Monte Citorão."

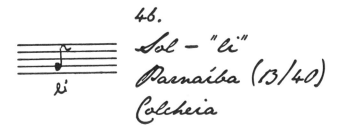

46.
Sol – "li"
Parnaíba (13/40)
Colcheia

na Grécia Antiga, o adivinho Tirésias se recolhia ao Monte Citorão para interpretar o voo dos pássaros. "Eis o homem que procuro."

É muito improvável que o doutor Martins o tenha conhecido, pai. Mas a ligação com Tirésias, e a de Tirésias com os pássaros, fecham um círculo. E eu aprendi a respeitar o inesperado.

Conduzem-me à cela do doutor Martins. Um cheiro de pólvora, misturado a cebolas, recende do quarto. De pé, um enfermeiro ajuda o velho a tomar uma sopa.

Pernas de galinha saem de um uniforme de fustão. A corcunda lhe arremessa a face, com brutalidade, para o solo, como se procurasse uma moeda perdida.

"Madame Aquiel me permitiu." As palavras saem para dentro e eu as engulo. "O paciente está lanchando, não interrompa."

A voz do velho, molhada pela sopa, torna-se úmida. "Não falo com desconhecidos", e vira a cara. Penso em citar seu nome, pai, mas me contenho. Tiras de cenoura escorrem pelo babador. As pernas de galinha tremem. Os braços (asas) fraquejam.

Às costas do velho, em uma prateleira, vejo, pela primeira vez, o dicionário. Pequeno, tem uma capa verde com as pontas roídas. Ao lado, um rádio a pilha e um carretel de barbante. Tudo muito banal para um adivinho.

47.
Sol – "a"
Parnaíba (14/40)
Colcheia

O utro enfermeiro entra com uma toalha. "Hora do banho." A repetição me faz tremer: ela sugere a presença da verdade.

O doutor é levado ao banheiro. Enquanto o despem, espero que diga a frase enigmática: "Quero descer."

Resmunga palavras incompreensíveis. "Não dê importância. São muxoxos que gosta de repetir." Talvez uma oração. Sei, porém, que nela se esconde um sentido. Qual?

O enfermeiro lhe puxa as calças, mas o velho as sustenta. Solta um breve uivo, de desespero. "Sempre fica agitado, mas sua presença o agita ainda mais." Recuo. O doutor Martins protesta: "Fique. Hoje é você quem vai me dar o banho."

A repetição agora me massacra. Não é nada sutil o modo como o destino se impõe. "O que você quer de mim?

Não o conheço" Arrisco: "Mas eu o conheço." Sua voz alcança o tom rangente das tempestades.

O enfermeiro me passa a toalha. A água está quente. Vamos lá, doutor, durante o banho conversamos um pouco. "Não sou de conversa. Não enxergo mais nada." Pode deixar: o senhor escuta e eu falo.

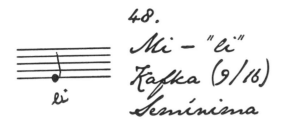

Conheci um homem que julgava ser Franz Kafka. Na redação do *Diário de Notícias*, confuso, eu iniciava minha carreira de repórter policial. O delegado Alves era titular de uma delegacia em Queimados. Uma chacina me levou a entrevistá-lo.

Nem o calor do verão o impede de usar ternos escuros, colete inglês e uma borboleta. Trata os jornalistas com solenidade, o que, em vez de despertar simpatia, lhe traz a fama de traiçoeiro.

Dizem que é um homem fraco e sentimental. Uma doença nervosa, com desmaios súbitos, o obriga a sucessivas licenças. Mais de uma vez, durante os depoimentos, o ouviram recitando, em voz baixa, como se rezasse, versos de Bilac.

Está sozinho em sua sala. Sobre a mesa, há um livro de bolso: *Franz Kafka / Vida e obra*. Pergunto por que um policial lê Kafka. "Não leio Kafka, leio sobre Kafka", me corrige. Mais um que caminha *através*.

Na juventude, pensando que se tratava de um compêndio jurídico, tentou ler *O processo*. "Aquilo é uma estupidez." Anos depois, comprou a biografia em um sebo da Praça Tiradentes. Nos intervalos, sempre a relê. "Não sei se presta como escritor. Mas encontrei o meu duplo."

Pergunto se já leu *A metamorfose*. "Aquela história do inseto? Bastam os que me rondam."

Ele e Franz têm, de fato, algumas semelhanças de temperamento. Há um trecho, em particular, da *Carta ao pai*, que me leva a recordar do doutor Alves. "Eu podia desfrutar o que você me dava, mas só com vergonha, cansaço, fraqueza, consciência de culpa."

É assim, também, que o delegado recebe nosso interesse pelos inquéritos de sua delegacia: como um desaforo e uma acusação.

Usa um terno que parece não lhe pertencer, ocupa uma cadeira grande demais, tem uma aparência de estrangeiro e é obrigado a dar ordens que o contrariam. Age como um mendigo — alguém que se entrega a algo que não lhe é destinado.

Não penso nas semelhanças físicas entre ele e Franz, que, de fato, não existem. Alves é ruivo (talvez use uma peruca), exibe uma magreza doentia e, quando fala, simula uma exuberância impensável em Franz. "O senhor gosta do que faz?", pergunto, sem decidir que faria essa pergunta.

Aponta para a biografia de Kafka e me pergunta: "Homens como nós têm mesmo escolha?"

De repente, algo realmente me assusta: percebo que seus olhos se parecem com os meus.

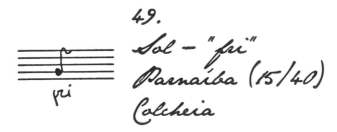

"**D**isseram-me que o senhor conversa com os pássaros." O doutor Martins me encara. Só então vejo suas órbitas amarelas e foscas, distantes como planetas extintos. "Bobagem. Pássaros não falam."

Madame me contou que, quando o recolheram nas ruas de Parnaíba, carregava uma caixa de papelão. Recortes de jornais velhos, um dicionário e a partitura de uma canção de ninar. Os jornais foram queimados. O dicionário e a partitura estão, agora, na prateleira da parede.

Faz sentido que um velho, mesmo cego, interprete o canto dos pássaros. Como poderia, porém, interpretar seus voos? O paralelo com Tirésias fracassa.

É o próprio Martins quem me fornece uma solução. "Quando os pássaros voam, traçam riscos negros no ar", diz. "É como se escrevessem."

Se na cegueira o mundo se enegrece, é porque ele ainda se deixa ler. É isso: o doutor interpreta a escuridão. "Eu leio os voos. E também entendo o que os pássaros dizem quando cantam."

A voz se torna firme e seca. Parece entusiasmado. Está seguro do que diz. O vacilante sou eu.

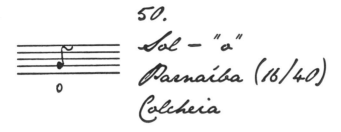

    eleva a voz para dizer que não é um bicho de circo e que não fará demonstrações. "Posso perguntar sua idade?" E o velho: "Qualquer resposta que eu lhe dê nada significa."

Contou-me madame Aquiel que o doutor foi professor em Oeiras. "Talvez de português." O *Dicionário poético*, que carregava consigo, reforça a informação.

Pego o livro. Editado em 1869, em Paris. O primeiro choque: o nome de Manoel Thomaz Ferreira — meu bisavô e seu avô — aparece, autografado, na primeira página.

Não existem pistas do autor, de modo que, por arrogância, conduzo meu bisavô ao posto de dicionarista. Isso não me aproxima da verdade. Muito menos de você, pai. Mas me ajuda a avançar.

"Eu conheci seu pai", diz o velho. "Antes de partir, ele me deu este livro." Não consegue recordar seu nome. Nem a aparência ou alguma circunstância. Nada. Está mentindo; mas a mentira, nesse caso, é mais útil que a verdade.

"Por que o senhor o guarda, se já não pode ler"? A resposta me sacode: "Eu esperava entregá-lo a você."

Motivo improvável, ficção barata que, no entanto, ele sustenta com entusiasmo. Torna-se, com isso, meu parceiro. Ambos amantes da mentira. Passo a simpatizar com o velho.

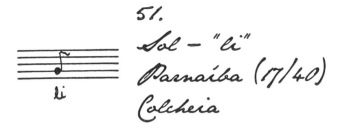

meu tio Antônio estuda, em silêncio, a assinatura. Conclui: "É, na verdade, a letra de seu avô, Lívio." Por que o filho assinaria pelo pai? A imagem de um empregado de fazenda, que depois se tornou contador, não combina com a de um farsante.

Folheio o dicionário, aos galopes, em busca da marca de uma segunda autoria, a verdadeira. Nada encontro. Cedo à ilusão de um bisavô capataz (Manuel Thomaz foi chefe de obras na Fazenda União, onde você nasceu) que era, nas horas vagas, linguista.

As identidades não se encaixam. Mas é no ranger entre elas que o dicionário me ilumina. Algo que não pode existir; no entanto, ali está. Em minhas mãos.

Trato de esquecer meu avô. Vamos simplificar. Suponhamos que meu bisavô, Manoel Thomas Ferreira, foi mesmo o autor do dicionário. Ainda assim: por que, quando partiu para o Rio, você entregou o livro ao doutor Martins?

"Ele disse que eu ia precisar." Anos a fio, o doutor trabalhou como professor. Talvez isso. A mulher o deixou. Os filhos partiram e não mais voltaram. Seu consolo era folhear o dicionário.

Envelheceu, ficou cego. Nos anos 80, recolhido no sanitário masculino da rodoviária de Parnaíba, foi conduzido ao asilo. E agora ali está, e me entrega o livro.

Ainda o tenho aqui comigo. Não sei o que significa, mas existe.

52.

Sol – "a"

Parnaíba (18/40)

Colcheia

Insiste que eu guarde o dicionário. "O que faço com ele?" Sempre que lhe vinha uma dúvida, a ele recorria. "Faça o que sempre fiz." De olhos apertados (pois são inúteis), começa a remexer em uma pilha de papéis.

Folhas arrancadas de processos, balancetes, inventários, prestações de contas. Documentos antigos, rasgados, sem préstimo, que ele ordena com o rigor de um arquivista. Em um deles surge o timbre: "Casa Inglesa".

O velho coleciona carimbos murchos, lápis com marcas de dentes, grampos enferrujados, réguas, uma lupa. Exibe a lupa. "Não serve para nada. Mas me dá a ilusão de ver."

Ergue-se e, tateando, me abraça. Retribuo o abraço (o mau cheiro anula minha sinceridade) e prometo voltar no dia seguinte. "Não esqueça o dicionário."

Madame Aquiel nos acompanha até a recepção. Meu tio Antônio parece apreensivo. Madame divide com ele o mal-estar: "É espantoso. O velho acredita conhecê-lo. Precisamos rever seus remédios."

Não tenho interesse em contradizê-la. "Volto amanhã, pode ser?"

Ergue o queixo para dissimular a papada: "A casa está à disposição. Quando pretende aplicar seu questionário?" Explico que é preciso ter paciência e que, além disso, se ela não se opuser, preciso ficar a sós com o velho. "É claro."

53.

Mi – "li"
Kafka (10/16)
Semínima

assim como o delegado Alves lê Kafka para ler a si mesmo, também eu só consigo escrever porque faço de Kafka um biombo.

Trata-se de um esconderijo traiçoeiro, já que, enquanto me escondo, ele me expõe. Como uma cortina transparente, através da qual minha silhueta, em vez de se apagar, se realça.

Assim leio a *Carta ao pai*: como um instrumento — um par de óculos, um binóculo, uma lupa — que me ajuda a me ler. Desde que o maldito livro me voltou, não paro de pensar em Franz. Tudo me remete a seus escritos, e, em movimento inverso, suas palavras deságuam sobre mim. Se a *Carta ao pai* não me voltasse, essas notas não existiriam.

Vem-me, então, a ideia de que, mesmo morto, e a contragosto, foi você quem me remeteu o livro de Kafka.

Não o tivesse perdido, mas lhe dado um destino digno, e ele não me chegaria de volta.

Uma recordação súbita (e indigna de confiança) desfaz essa ideia. Eu mesmo, logo após sua morte, enquanto arrumava seu quarto, eu mesmo, e mais ninguém, peguei o livro e, sem lhe dar importância, o joguei em uma caixa de objetos "a dar ou vender".

A lembrança (implacável, incômoda) prova que sou não só o destinatário, mas o remetente. O livro veio "de mim a mim" — se é que isso faz sentido. O livro "se me veio", como um bumerangue que, depois de desaparecer, retorna às mãos (ou ao peito) do lançador.

Entrei na livraria de usados, feliz por me desfazer de seu passado. Estava, também, apreensivo porque, uma vez desfeito o passado, ficamos com o presente — e o presente é uma sala com várias portas e nenhuma sinalização.

Às cegas, sem pensar no que fazia, eu vendi o livro. Sim, eu fiz isso! Se foi isso o que aconteceu, pai, eu não escrevo essa carta para você, mas para mim mesmo.

A mensagem que você me mandou desde o passado, na verdade eu a (me) mandei. Disse-me, um dia, o professor Jobi: "Toda pergunta sobre o pai é, sempre, uma pergunta sobre si." Ao passar o livro adiante, também eu expedi uma pergunta. E agora cabe a mim respondê-la.

Como consolo, me resta repetir o que Franz, cansado de tantas palavras e já próximo da morte, disse a Hermann: "Querido pai, sempre vos amei."

54.

Sol – "fri"
Parnaíba (19/40)
Colcheia

ntro na Matriz e aproveito a penumbra para examinar melhor o dicionário. Um dicionário clássico de sinônimos. Tem mais de 700 páginas e o formato de um livro de bolso.

Abro ao acaso o verbete "640", onde se faz a distinção entre "momento" e "instante". Explica meu bisavô: "O momento não é comprido; um instante é mais curto ainda." A palavra instante, de significação mais limitada, não se usa no sentido literal. Aproveitar o instante — e não esse instante ou aquele instante.

A ideia se aplica a minha aventura em Parnaíba. Caminho emparedado em uma trilha de instantes que não se explicam, nem se conectam. Falta quem os costure.

Começo, então, a entender: o dicionário me estimula a fisgar pedaços de sentido. Eles se oferecem como frestas nas quais, se não chego a me mover, consigo ao menos respirar.

O dicionário é uma dessas frestas: não sei como chegou a mim, nem de que me servirá. É um objeto que se acende e, logo depois, se apaga — emitindo sinais que se perdem na escuridão.

O próprio velho, uma chama muito fraca, emite uma luz que mal consigo discernir. No escuro da igreja me pergunto se o doutor Martins existe mesmo.

55.

Sol – "ó"
Parnaíba (20/40)
Colcheia

Volto, sozinho, ao Arquivo Histórico da Parnaíba. Lá, me dou conta da fertilidade de meu bisavô. Manoel Thomaz Ferreira, improvável autor de um *Dicionário poético*, teve 21 filhos, 59 netos, 131 bisnetos, 238 trinetos, 62 pentanetos e 2 hexanetos.

A conta, datada do ano de 1979, registra a cifra de 513 descendentes. Entre eles, você, meu pai. Súbito, me dou conta de que eu também nela apareço. Sou um dos 131 bisnetos de Manoel Thomaz Ferreira. Ali estou, um número a mais em uma ficha borrada.

Ver-me dissolvido nessa legião de descendentes me esmaga. Sou isso: um número. Não existisse, e quase nada se modificaria: os registros falariam dos 130, e não 131 bisnetos de Manoel Thomaz Ferreira; e o resto — pois não tive filhos — continuaria exatamente igual.

Sou o número 1 que se acrescenta aos 130 para chegar a 131. Sempre me senti assim: para o bem e para o mal — na maior parte das vezes, para o mal —, apenas "mais um".

Sempre soube que, para viver, precisava fazer alguma coisa dessa solidão. É por isso que vim a Parnaíba?

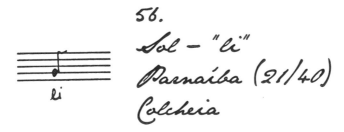

meu tio, entusiasmado: "Veja essa fotografia." Pego meu caderno de notas para registrar a novidade. "Não é preciso. O que vou lhe mostrar você já conhece." Posso conhecer, mas, na voz do outro, as coisas sempre se transformam.

Em uma esquina de Parnaíba, no ano de 1954, surgem você, minha mãe e minha irmã mais velha. Um pouco à frente, de gravata e boné, eu. Posamos na entrada da casa de nossos primos, a duas quadras do hotel em que hoje me hospedo.

A fotografia está fosca, as cores fraquejam, as imagens se dissolvem. Ainda assim, ela lateja em minhas mãos. Emite outro tipo de luz: aquela em que o passado resiste, como um destino.

Aos dois anos de idade, magro e desconfiado, já sou o estranho que você conheceu e de quem se afastou. Está tudo ali, para que mais? Para que escrever um livro?

Sim, porque, na família, sempre fui o excêntrico. Embora o mesmo sangue me corra nas veias, trago meu centro em outro lugar. Bem distante de mim mesmo. Talvez em um posto inacessível.

Aqui me volta uma frase que minha velha mãe, ao se olhar no espelho, gosta de repetir: "Hoje estou muito diferente de mim."

57.
Sol – "o"
Parnaíba (22/40)
Colcheia

Foi justamente por conhecer essa excentricidade, que me afasta das imagens a mim destinadas, que, ainda jovem, tratei de dividir meu sobrenome paterno ao meio.

Fiquei só com a primeira metade, o que me define, para alguns, como um amputado. Creio que é o contrário: com essa divisão, abri a comporta que sustenta os nomes. Livrei-me de um destino, o ultrapassei.

O afeto que meu tio destina à fotografia indica, desmentindo isso, que ele me vê como um igual, como um pertencente. A constatação não me alivia, só torna meu sentimento mais complexo. Qual José aparece, de calças curtas e boné, naquela imagem?

Ao me dar a fotografia, meu tio Antônio honra o homem que o batizou: você. É como ele me vê: não só um descendente ou um herdeiro, mas um representante.

Um delegado (Alves, aquele que, em Queimados, caminha *através* de Franz?).

Tomo essas notas em uma mesa do American Bar Takaia. Sim: existe um bar com esse nome em Parnaíba, uma cidade, ela também, descentrada de si. Ninguém me atende, não consigo, nem mesmo, uma mineral. O nome — mais do que a realidade — o sustenta.

Um garçom, enfim, entra. Veste-se a caráter e traz uma bandeja vazia. "Hoje não abrimos." Sirvo-me do que ele não me dá. Outra vez, nada.

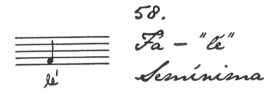

Você tem o vício da fotografia. Para cada instante, uma imagem. Para cada filho, um álbum. Assim afirma seu poder sobre o tempo: se ele avança, é porque você permite isso. As fotos são carimbos que autenticam o movimento das coisas.

Não sou um bom modelo: não aprecio o torpor que a fotografia impõe. A imobilidade, a prisão. Você reclama: "Por que não consegue ficar quieto?"

Primeiro, a sensação, vaga, de que não estou na posição correta, de que não estou pronto. De que, diante de minha imagem indefinida, outro (quem?) será capturado em meu lugar. Depois, uma inquietação (que se manifesta em um leve tremor) que, na hora da pose, se intensifica. A resposta precária que consigo dar a seu poder de transformar o real em papel.

Volta a protestar: "Por que você não fica parado?" Não faço isso para contrariá-lo, não é um desafio ou um deboche. Não consigo me aquietar porque, diante de sua figura de domador, algo em mim vacila.

Algo se desfigura justo no momento em que a máquina impõe suas amarras de luz. Meu tremor é só um desmentido. Inútil, porque a máquina não se interessa por ele. Nem o registra.

Depois, quando você, orgulhoso, exibe o resultado, me vem a sensação de que aquele menino congelado em um papel não sou eu. Algo nele se estampa que não me pertence. Você pede, pelo menos, um falso elogio. "Diga qualquer coisa!" Quanto mais insiste, mais as palavras me faltam.

Não é desprezo, mas uma espécie de horror que, em contraposição ao efeito impositivo da foto, se incorpora no silêncio. Diante de uma imagem, a palavra perde todo o bom-senso. A utilidade. A imagem cala a palavra.

Ainda tento: "Não se parece muito comigo." Você me fuzila: "Você de novo com suas besteiras."

É curioso como uma simples fotografia, o registro caseiro e despretensioso de um momento, me serve como prova de existência de minha mordaça. Não, eu não o desafio. Faço algo ainda mais grave: eu o ignoro.

Hoje penso se essa exclusão não foi, na verdade, uma maneira de me situar diante de você. A escolha de uma posição. Sim: uma preferência. Diante do pai, só por negação se chega a ser.

59.

Ré — "é"

A família (5/8)

Mínima

meu avô se emprega como guarda-livros na Casa Inglesa, de James Clark. Quando desembarca em Parnaíba, carrega você no colo. Na mala de mão, em meio à papelada, o *Dicionário poético*, de Manoel Thomaz Ferreira.

Ao contrário de meu avô, você nunca teve o vício dos livros. Tivesse herdado o dicionário, e ele terminaria — antecipando o destino da *Carta ao pai* — na prateleira de algum sebo. Por sorte, ele teve outro futuro.

Chegamos à Casa Inglesa. Há um século, era um prédio elegante, frequentado por nobres. "Foi aqui que tudo começou." A fachada gasta, as paredes em farelos, janelas tortas impedem que eu sonhe. Mas meu tio, que sempre o teve como um segundo pai, consegue avistar o passado mesmo onde ele se esquiva.

"Ainda de cueiros, seu pai engatinhou por esses salões." Juro que me esforço, mas não consigo vê-lo. O calor de Parnaíba me atrapalha. A umidade, a luz intensa, o torpor. Perco detalhes e nuances. Além do quê, não consigo afastar a *Cala a boca* de minha mente. A música arde dentro de mim. É um inferno!

Caminhamos um pouco mais. A paisagem é reta, sem sombras. Em um bar, tomamos uma cerveja. Pelos azulejos da parede escorre um suor negro, mistura de sujeira e de morte. Não existem escapes, o sol se infiltra pelos cantos, a cidade se submete a seu peso. Parnaíba — um jumento raquítico — carrega o sol.

"Muitos anos depois, eu já tinha meus 20 anos, seu avô me deu o dicionário", meu tio admite. Consultou-o para escrever alguns de seus poemas. Você deve lembrar, tio Antônio é poeta. Nunca publicou livros. "Não escrevo para os outros", diz. "Seria me vender."

Um dia, desgostoso com a literatura, entregou o dicionário a um sebo. Aqui perdemos o caminho do livro. Muitos anos depois, em um asilo de velhos, ele reaparece nas mãos do doutor Martins. Vá se entender.

Entramos no mercado. Esculturas majestosas, rendados, móveis antigos. A um canto, a pequena imagem em madeira de um santo leitor. São Francisco, a balconista me explica. "Existem imagens muito mais bonitas." Meu tio ainda não entende o que busco.

Na mão esquerda, o santo carrega um livro aberto. Algumas linhas se esboçam, mas nada se deixa ler. Em contraste, os olhos do santo estão fechados. Tem a face inclinada, talvez esteja dormindo. Será cego?

Está em posição de espera. Aguarda, quem sabe, que o livro (como um espelho) o leia.

A mão direita, a mesma que os destros usam para escrever, pende (inútil) ao longo do corpo. Os lábios, murchos, indicam uma desistência. Mas a postura reta sugere um estado de atenção; um alerta para dentro, e não para fora. O nariz, arrebitado, aponta para o observador. Parece farejar algo. O observador sou eu. Que cheiro eu tenho?

Por contraste, a introspecção do santo acentua a agitação de meu avô, para quem a vida era puro movimento. Teve uma morte inesperada, mas coerente: um infarto o derrubou durante um baile de carnaval. Caído no meio da pista, descerrou um vazio. Diante da verdade, os vivos, protegidos por suas máscaras, recuaram. Você era só um rapaz.

A música se cala. Meu avô conserva as mãos erguidas e as pernas encurvadas, os últimos gestos de uma dança. O baile é suspenso. Seu corpo fica ali por longas horas, a assinatura exposta de um deus apressado.

Ao contrário dele, pai, sua morte foi previsível. Uma morte abstrata — dessas em que o corpo se assemelha a um envelope, que nos protege da morte verdadeira. Banhado, medicado, limpo entre lençóis brancos, você morreu em um hospital.

Recebo a notícia pelo telefone. Uma descarga — vinda de zonas inacessíveis — me transpassa. Tento me vestir, mas não controlo os movimentos. Não posso sequer erguer as pernas para enfiar as calças.

Ainda de cuecas, carregando as roupas nos ombros, saio para o hall. O medo do escândalo me descongela. Enfim, eu me visto. Sua morte não me afasta só de você, mas de mim. Meu centro se desloca para fora do corpo e até meus pulmões respiram em outra parte. Nunca mais retornaram a seu lugar.

Mesmo vestido, não consigo manter os braços quietos; eu os agito — imitando as aves que se preparam para o voo. Eu sou uma ave pronta para fugir. Uma perdiz?

Quando enfim piso a rua, ventos irregulares me sacodem. Como um pássaro que, depois de longo tempo aprisionado, as asas atrofiadas e as garras fracas, se vê repentinamente solto na imensidão do céu. Tonto, tudo o que ele consegue é se debater. Mas isso, em vez de tirá-lo do lugar, o afunda.

60.
Pausa
Aves (8/10)
Semínima

erguida contra o céu negro, uma ave bate as asas. Já não sei se é uma gralha, se é uma perdiz. Por comodismo, decido que é um Kafka.

Navega às tontas, parece cega. De repente, uma voz, vinda de seu peito, anuncia: "Nada acontece porque não acontecem as coisas que acontecem para que as coisas aconteçam."

Sei que a frase é exatamente essa porque conservo comigo, ainda hoje, o envelope em que durante a noite, aos solavancos, eu a anotei. "Nada acontece porque não acontecem as coisas que acontecem para que as coisas aconteçam."

A frase é um ciclone. Um mesmo verbo se revira por quatro vezes, mas a repetição, em vez de reforçá-lo, o aniquila.

A ave continua com seus rasantes. Do céu despencavam tesouras luminosas que transformam o firmamento em um pano. Entre os rasgões, a frase ricocheteia: "Nada acontece porque não acontecem as coisas que acontecem para que as coisas aconteçam."

A repetição do verbo, em vez de precipitar a realidade, torna tudo ainda mais irreal. Sentença circular, que se enrosca para dizer e que, assim, em vez de libertar encarcera.

Acordo com tremores que correspondem aos desenhos incoerentes que a ave traçou no céu. Soltando gritos de desespero, a ave de lata — como uma carcaça ou uma armadura — encena o beco em que me confino. Continuo sozinho em minha ilha. No sonho, e fora dele.

"Nada acontece porque não acontecem as coisas que acontecem para que as coisas aconteçam." Não vi os olhos da ave. Seu prateado me pareceu falso. Seu bico rígido, em forma de pena, não se mexia, apesar das palavras que me ditou.

A própria frase é um replicar. Sua lógica, fechada, se assinala minha imobilidade, me paralisa mais ainda. E dá razão a você, que sempre reclamou de meu torpor. "Vamos, se agite." Um filho imóvel, como um vaso ou cabide. Tantas coisas se penduraram em mim.

Comento com o professor Jobi a aflição que a frase produz em mim. Ele me diz: "É só uma frase, não passa disso. Quero saber o que você fará com ela."

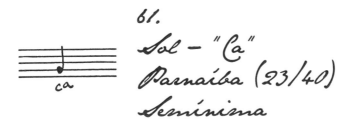

meu tio insiste: "Você escreve mesmo um livro sobre seu pai?" Admito que não sei responder. A escrita é traiçoeira, tio. Você pensa que escreve uma coisa e escreve outra. "Você está fugindo da conversa", diz. E me afaga.

Retorno ao asilo. O velho me pergunta pelo dicionário. "Você o usou?" Confesso que não sei fazer isso. "É o medo. Mas é normal ter medo."

Sua face se afrouxa e abre. Um fole. Espremendo os olhos, como se isso o ajudasse a ver, o doutor diz: "A verdade é uma chave que gira para os dois lados."

Prossegue: "Se você gira para a direita, chega a um sentido; se gira para a esquerda, chega a outro. Quando você usa uma palavra, deve sempre fazer uma escolha."

"Parece que estudou muita filosofia", diz madame. "Foi também um leitor dos clássicos." Ela nos deixa sozinhos.

Meu tio também não veio. O velho me tem, enfim, como um indivíduo, e não como membro de uma comitiva. "Hoje consigo vê-lo melhor", ele diz, e, é claro, não se refere à visão.

Quer dar uma volta pelo quarto. Eu o amparo. Tudo que ouço é sua respiração curta, de gaiteiro. "Por hoje está bom."

Em menos de dois dias, cheguei ao velho. Devia estar feliz. Mas é como pisar um atoleiro: em vez de me estabilizar, afundo.

Chegarei a escrever meu livro? Vim a Parnaíba não para fazer uma pesquisa, mas para buscar forças. Talvez a viagem me conduza, ao contrário, à impossibilidade de escrever. Ao silêncio, que é o estado extremo das palavras. De onde vim, antes do primeiro choro.

Escrevo em "Windows", como no computador. Janelas que abrem e fecham, cortinas que se erguem para, logo depois, baixarem, persianas que se movem. Portas que batem, fechaduras, trincos, vedações — uma dança. As palavras pisam meus pés, me esmigalham.

Viajei tão longe para me afastar ainda mais? Por que acreditei que, repisando seus passos, pai, eu chegaria a você?

Volto ao velho: "A palavra é uma chave que gira para os dois lados." É preciso escolher. Nada me assegura que, mais tarde, meu leitor girará a palavra para o mesmo lado em que a virei. Esse é o grande mistério: as palavras não estão nelas, mas em quem as lê.

Sou um intermediário. Usando uma expressão moderna: um atravessador. Não, o escritor não produz. Alguém mais, um sujeito qualquer, faz isso em seu lugar. O escritor não passa de um balconista mentiroso que apresenta o livro como seu. Um falsário.

A ideia me liberta. Volto a tomar notas.

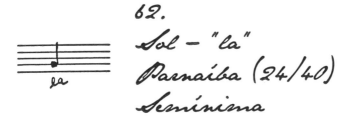

62.
Sol – "lá"
Parnaíba (24/40)
Semínima

O dicionário de meu bisavô é uma caixa de dobradiças, em que as palavras oferecem não só a face ardente, mas um reverso escuro. Em que elas se desdobram e racham. No coração das palavras existe uma fenda.

Na página 529, leio: "Silencioso, taciturno". Explica meu bisavô: "Silencioso é o que fala pouco e com moderação. Taciturno é o que fala pouco e com repugnância." O silencioso ama o silêncio; o taciturno o empunha como uma arma.

E você, era silencioso ou taciturno? Vivia quieto, mal me dirigia a palavra. Não falava muito, por cautela ou por aversão? Quando caiu doente, você lamentava: "Tantas coisas para dizer..." Rangia os dentes, gaguejava. As palavras não vinham.

Volta a frase cruel que ouvi em um sonho: "Cada dor tem uma palavra que a envolve, mas que não é aquela dor e que por isso deixa de ser só uma palavra."

Na biblioteca dos jesuítas, escondido, li alguns escritos de Soren Kierkegaard. Eram livros proibidos para meninos. Em um caderno de ginásio, anotei: "Meu desespero pode não ser o que penso. Kierkegaard falava de duas formas de desespero, e não de uma."

A primeira forma de desespero, negativa — e lá estou eu a fatiar as palavras! —, é "a recusa de ser si próprio". A segunda, positiva, inverso e complemento da primeira, "a vontade de ser si".

É quando me recuso a ser quem sou que eu me afirmo. É quando me nego a ser o que sou — apenas um José em uma série infinita de Josés — que caio em mim.

Diabos! Tento chegar a você, mas minhas notas me trazem sempre de volta a mim mesmo. Eu sou minha prisão.

Foi para chegar a ser o que é que você, um dia, abandonou Parnaíba. Deixou para trás o homem que estava destinado a ser. Para ser, precisou, antes, "des-ser". Se ficasse, agonizaria na recusa de ser. Partindo, abandonou-a para se apegar a si.

Em uma fotografia antiga, com os olhos cheios de lágrimas, me abraço a um cãozinho. Naquele dia, você o arrancava de mim para entregá-lo a um parente do subúrbio. Fez questão de fotografar meu sofrimento, achando que fotografava uma despedida.

Ainda tenho essa foto. Na dor da perda, eu afundo em mim. Caio em mim.

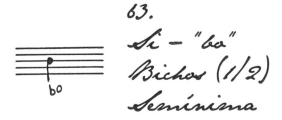

em uma loja do antigo cais, dentro de uma cesta, um amontoado de pequenos tatus de pedra. Escolho um — o mais esmaecido, o focinho desbotado e duas patas levemente roídas — e o compro. Com as costas encurvadas, ele insinua o primeiro movimento de contração. Prepara-se para ser uma bola.

Olho para esse monstro delicado que se alimenta de formigas e de escorpiões. E que, para se proteger do mundo — como Gregor Samsa —, se submete a uma metamorfose.

Para se defender, ambos se abrigam em suas cascas. Os dois se tornam, assim, indignos do humano; se oferecem como restos, ou lixo. É se ausentando para dentro que eles se salvam.

Você reclamava de minha postura curva. Meus ombros se encolhiam, minhas costas cediam e minha cabeça rolava em direção à barriga. "Abra esses ombros!" Meu esforço era inútil. Imitando a posição das asas, eles permaneciam encolhidos sobre o peito.

"Você parece um papagaio." Aproveitava para, em um ataque duplo, denunciar, também, meu apego às palavras. "Você pensa demais, meu filho, e isso o adoece." Estimulava minha retidão.

Hoje me pergunto quantas vezes você me repreendeu por meus pensamentos. Quantas vezes você associou minha tristeza ao hábito (você o chamava de "mania") de pensar?

Chego ao caixa e entrego o tatu. "Temos outros mais bonitos, em cores mais vivas", diz a atendente. As palavras lhe faltam quando explico que é justamente porque é pálido e murcho que eu o escolhi. Quase ofendida, ela resmunga: "Há gosto para tudo."

Você reclamava de minha preferência pelos tons escuros, pela penumbra e pelos fins de tarde. Queria me ver à luz do sol com o peito aberto e a pele vermelha.

Protestava contra meu apego aos livros, paixão que me obscurecia. Lutava, furioso, para me defender das palavras. "Por isso você vive curvo. Os livros o entortam."

Você acreditava que meu amor pelas palavras me levaria ao fracasso. "A não ser que se torne advogado. Você salvará os piores criminosos." Acreditava que o excesso de palavras provoca uma corrosão interior.

Nunca entendeu que — imitando Gregor com sua casca e o tatu com sua armadura — foi esse salto para dentro que me salvou.

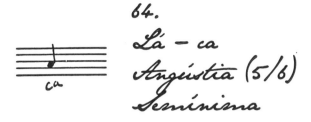

Só me visto de pardo, cinza, preto. "Meu filho, você parece uma barata", me provocava. Era uma manifestação de carinho que eu entendia como uma facada.

Eu ainda não conhecia Franz Kafka. Anos depois, quando li A metamorfose, suas palavras se tornaram um vaticínio. Meu pai, um adivinho? Não é difícil prever o medo em um filho que, sem nenhum pudor, exibe sua casca.

Para proteger a irmã da visão desoladora de seu novo corpo, Gregor Samsa se esconde sob um canapé. Fosse levada a se defrontar com o irmão monstruoso, e perderia os sentidos (sairia de si). O que é um desmaio senão uma fenda que se abre a nossos pés? O chão nos falta, e isso não é uma metáfora, é o que acontece.

Menino, carrego o insuportável dentro de mim e o encubro com minhas roupas fúnebres. Algo está morto (algo eu mato em mim), e as cores escuras são um sinal de luto. Sim, eu pareço uma barata — e é espantoso que, mesmo sem ler Kafka, você perceba isso.

"Ninguém descobre o que esse menino tem dentro dele", você repete. Fosse Gregor Samsa, e cultivaria o hábito de me pendurar no teto ou de ziguezaguear pelas paredes. Esse desejo de elevação — salto não para me exibir e me engrandecer, mas para sair de mim e me camuflar — se manifesta em minha atração pelos anjos.

Na burocracia da Igreja, só eles me parecem dignos de confiança. Por quê? Só eles guardam vestígios do humano.

Um dia, eu lhe digo: "Pai, quando eu crescer, quero ser aviador." Tivesse você seguido o desejo de minha mãe que, na gravidez, viajou encantada em um Douglas DC-3, e eu me chamaria Douglas. Com minha cara de árabe, o nome seria uma falsificação. Portanto: não um nome, mas a ausência de um nome.

Também o nome José, uma repetição de seu nome, eu o entendo como uma ausência de nome. Chamar-me pelo nome do pai é me chamar por um nome que não é meu, mas só um empréstimo. Um nome postiço que, como uma prótese, substitui o nome que não há.

Diz o professor Jobi: "Nunca nos livramos do nome." Pode-se ir ao cartório, escolher outro (Vinicius fez isso). Não adianta, a marca permanece. Tudo que resta é mastigá-lo até que, diluído e gasto, ele se torne só uma palavra.

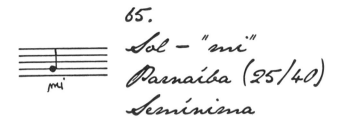

Saio da loja, carrego meu tatu. No porto de Parnaíba, um menino se faz de estátua. Estende a mão e espera. É um ato mecânico, mas doloroso, de marionete.

Que cordéis o manipulam? Há a fome, mas há alguma coisa mais. Parece ter uma dupla natureza. É humano, como eu e você; mas um elemento estranho o desdobra e o eleva. Está muito à frente de nós dois.

Penso no Menino de Lapedo, a ossada de um garoto descoberta, há alguns anos, na Leiria. Os cientistas a interpretam como o sinal de um cruzamento entre o Homo Sapiens e o Neandertal. Algo que ocorreu há 25.000 anos, quando o homem suturou sua dupla condição. O menino é essa costura.

Também o menino do porto tenta coser uma dupla identidade: o garoto que sofre é o mesmo que brinca.

Os braços se estendem, apesar das moedas que, por automatismo e não por compaixão, lhe dei. Sofre de uma fome que não se mata.

Continua a me rondar. A perseguição me incomoda, sinto vontade de esganá-lo. "Você não vai largar do meu pé?" Ele se aproxima e, em uma atitude de desafio, diz: "Você não sabe quem eu sou."

E não sei mesmo. Pelo mesmo porto, você andou, de calças curtas e pés descalços. O menino que esmola é sua pegada. Eu também não sei quem você é, pai.

Como se chama? "Não tenho nome." Será José? Um casal estrangeiro se aproxima e ele desgruda. A mesma cena, o mesmo teatro, a mesma estátua. A mulher o fotografa.

Por que não me ocorreu? Digo que não fiz porque não levo comigo uma câmera. Mentira: não fiz porque fui incapaz de ver.

Nos bancos da igreja me identifico com José, o esposo de Maria. Era carpinteiro, manufaturava arados e cangas. Nos Evangelhos, quase não é nomeado. Quando soube que Maria estava grávida, pensou em deixá-la, para não se apagar ainda mais. Um anjo — sempre as asas! — o levou a desistir.

José, o apagado. É o padroeiro dos artistas. Faz sentido. O artista é aquele que se esquiva para ceder lugar a outro. Anula-se para ser.

Também você se apagou, pai. E lá venho eu, com o desejo de revelar o que se oculta! A realidade se vinga; nada encontro. Mesmo o velho Martins é só um fantasma com que me distraio.

66.

Fá – "mó"
Infância (11/13)
Semínima

na sala de aula, não faço perguntas. Um dia, o inspetor de disciplina me chama para uma conversa. "Você é muito triste. Precisa falar dessa tristeza." O pedido me surpreende, soa como um ataque. Ele está ali para castigar, e não para ouvir. Abandona seu posto, despe o avental branco, se torna um homem.

"Parece que você tem uma dúvida", diz. "Uma dúvida que dói." Com um leve movimento de cabeça, eu concordo. Meus lábios tremem. "Não precisa falar de sua dúvida. Fale de outra que se pareça com ela."

É o período das aulas noturnas. Pela janela, avisto aves negras que sobrevoam o telhado. Aves ou morcegos?

"Você gosta de aves?" Como um gravador enfiado em minha boca que, de repente, fora de meu controle, começasse a funcionar, uma pergunta (e não uma resposta) me sai: "Deus pode voar e não voar ao mesmo tempo?"

Eis um exemplo de minha dúvida. Uma questão absurda, um problema sem solução. Faz-se a pergunta, e tudo que você tem é ela.

O inspetor não se abala: "A resposta a essa pergunta está fora da própria pergunta", diz. "Mas então onde está?" Meus olhos vasculham a sala, como se respostas fossem pássaros que entram pelas janelas.

Ouço a frase que jamais esquecerei: "A resposta é muito simples: Deus não existe."

É uma hipótese que eu, aos 13 anos, nunca considerei. Outra pergunta automática (sempre vozes que falam em meu lugar) me vem: "Mas, se Deus não existe, como o mundo existe?"

O inspetor me dá, então, a resposta decisiva, o golpe que me marca para sempre: "O mundo não precisa de palavras para existir. E Deus é só uma palavra."

Alguma coisa, portanto, ocupa o lugar dessa palavra, Deus. Há algo ali, mas não sabemos o que é. O que é? Talvez Deus seja essa pergunta.

Aprendi a respeitar as perguntas. Elas são ainda mais potentes se não correspondem a uma resposta. O inspetor me provoca: "Vá, experimente perguntar." Mas perguntar o quê? Eis que, sem perceber, perguntei.

O inspetor Lucas me serviu, um dia, como seu substituto, meu pai. Não alguém que ensina e impõe a lei. Mas alguém que nos estimula a interrogar a lei, a tomar um lugar diante dela.

Foi o desamparo das perguntas que nem você, nem eu, soubemos enfrentar. Delas fugimos, em desespero. Preferimos o silêncio e aqui estamos.

O medo de ler — de ser chamado, na sinagoga, para ler a Torá — atordoou Franz desde muito cedo. "Durante anos tremi diante dessa possibilidade", escreve ao pai. Para ler deveria se expor. Ler é se desnudar.

Não devia ser assim. Quando lemos, emprestamos a voz (a mente) a alguém. Somos um instrumento — como a lupa, o ancinho, o oboé. De posse de nossa voz (de nossa mente), o autor fala. Não passamos de um intérprete.

Não devia ser. Mas é.

Em uma missa festiva me escolhem para ler os Evangelhos. Outra vez um rascunho de Franz. É um prêmio a meu bom comportamento (uma recompensa à minha covardia). Esperam que eu esconda meus temores, que são justamente o que a escolha reconhece. É uma armadilha, mas nada posso fazer.

Perfilo-me a um canto do altar, enquanto o padre diz a missa. As frases em latim, incompreensíveis, soam a uma ameaça. Ao ler as primeiras linhas, desmaiarei. Meu corpo, caído sobre o altar, será o testemunho — como um brasão ou um busto — de minha derrota.

A missa avança. Até que, pousado na ponta de um banco, vejo um pássaro. É pardo, com manchas negras e as asas em ferrugem. Olha-me tranquilo; aguarda a minha leitura.

Decido: lerei o Evangelho para esse pássaro. As pessoas se apagarão, não haverá missa, a própria igreja desaparecerá. Só terei a ave como ouvinte.

Mais confiante, espero o momento da leitura. Quando ele está próximo, desmaio. Na sacristia, uma freira me abana. "Acalme-se, foi a alegria." Naquela noite, ouvi de você a frase que me condenou: "Esse menino não está bem."

Hoje sei que eu mesmo me condenei. Não é uma sentença, mas uma escolha. Precária, contudo inapelável. Uma eleição. Eu fiz um voto de ser. Fiz um voto de me ser.

Talvez você pense: "É só a confirmação de meus temores." Não é assim que vejo a situação. Você cumpriu seu papel, se oferecendo como o obstáculo que me afastava de mim. Poucos pais conseguem ser tão competentes. E eu cumpri o meu, que era o de saltar o obstáculo.

Ao pular, com poucas forças, tropecei em você. Perdoe-me, sei que o feri. Não fiz por mal.

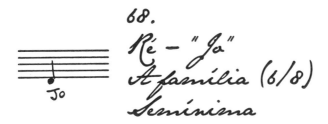

Como sustentar a máscara de filho? Ela não adere bem ao rosto, as bordas se afrouxam, o elástico não a sustenta. As crianças se esforçam: esperneiam, fazem palhaçadas, agitam. Recobrem a máscara com uma segunda máscara. Disfarçam.

Na infância, o choro ainda a lubrifica e conserva. Com os anos, as lágrimas secam e o suor se adensa, a máscara gruda ao rosto. Torna-se uma algema. Torna-se o próprio rosto.

Como arrancar a máscara de pai? Penso em Hermann Kafka, concentrado em seus negócios, entre balancetes, planilhas, engradados, a lidar com um filho que, visto desde o balcão, era só um rapaz apático, enfraquecido pela dúvida e paralisado pelo tédio.

Um filho que o prendia. Franz não combinava com a imagem viva dos filhos — meio vivo, meio morto, um morto-vivo. Era uma carcaça. Estava oco. Não passava de um nome. Só uma esperança.

Aqui, mais uma vez, nos espelhamos. Também eu não passava de uma embalagem — como aquelas grossas folhas de papel com que Hermann Kafka envolvia seus produtos. Cordões as amarravam. Nós apertados evitavam que se desfizessem. Um lacre comercial vedava o pacote.

Eu não tinha nem a força dos cordões, nem a segurança dos nós. Era uma embalagem frouxa, podia me desfazer a qualquer momento. Faltava-me o lacre. Uma frase bastava.

Pela fresta da porta, ouço a conversa na sala. Você fala de um pequeno texto que escrevi, uma redação de colégio, elogiada pelos professores. Parece orgulhoso, mas suas palavras desmentem isso. "Ele se esforça para escrever. Tenta, mas não consegue. Não nasceu para isso."

A frase "Não nasceu para isso" me arremessa para o chão. Caído, atordoado, arranco as folhas de meu caderno. Eu as rasgo. Pedaços de palavras se derramam pelo chão de meu quarto. Lembro que decidi: "Nunca mais vou escrever." Para mim, acabou, pai. Com uma frase você arruinou tudo.

Vejo Franz, meio morto, no balcão da loja paterna. Um manequim. Como não fazer dele um espelho? A este apequenado, este verme, cópia miserável de si; não ao grande escritor que ainda mal e mal existia.

Tinha Franz um caderno para seus escritos? Onde o escondia? Guardava o meu — prova de meu crime — sob o colchão. Talvez Franz o escondesse em algum vão de armário, uma gaveta secreta, no bolso de um casaco. Não importa: escondia.

Não me comparo a Franz para me engrandecer (o que é ridículo), nem para me apequenar (o que é inútil). Não sou eu quem me comparo: a leitura de seus textos me força a isso. É com grande repugnância que me submeto.

69.

Mi – "sé"
Kafka (12/16)
Semínima

escreve Franz em sua carta: "Tudo aquilo de que dispunha me espantava." Não pode aceitar o que tem, nada merece. A presença do pai ajuda a esvaziá-lo. Ser é "ser como Hermann"; tudo o mais é a negação da existência. Viver é repetir.

Vê os laços de sangue como uma maldição. Hermann Kafka o prende não porque efetivamente o prenda, mas porque existe. Identificar-se é ser lançado para fora, ser expelido. É nascer? Dois corpos não ocupam o mesmo lugar no espaço. Um deles deve se ausentar (vir à luz), ou o outro morrerá.

Também eu não suportei as coisas que nos ligavam. A semelhança como uma condenação. Na rua comentam: "O menino é a sua cara." Você abre um sorriso, eu gelo. A quem pertence, afinal, aquele rosto? Quem roubou a cara de quem?

"Minha autoavaliação era muito mais dependente de você do que de qualquer outra coisa", escreve Franz. Um filho estima seu valor por contraste. Pode se espelhar e se fortalecer. Mas a imagem vinda do espelho paterno pode despedaçá-lo. É como estar em uma poltrona e, de repente, levar um empurrão. Você cai, a queda é o nascimento.

Por isso, sempre preferi esses espelhos tortos dos parques de diversões que anulam qualquer desejo de semelhança. Você se observa em um deles e sabe que não é aquilo. Mas, então, o que você é? Diante da pergunta, algo começa a nascer. Um rosto se esboça.

No espelho paterno, até mesmo as vitórias e as qualidades se tornam daninhas. "Sempre estive convencido de que, quanto mais êxito tivesse, pior deveria ser o resultado final", Franz escreve. Não é que o bem venha para o mal; o bem "é" o mal.

Penso no pai que me escapou. Em você, meu pobre pai. Aquele que, apostando todas as cartas em mim, foi derrotado. Tratou de tomar distância e se recolheu ao silêncio. Não desistiu de ser pai, desistiu que eu aceitasse isso.

Volto a Franz: "Onde quer que vivesse, eu me sentia recriminado, condenado, batido." Atrás dele, corre um perseguidor. Sem essa figura opressiva (que o pai, à sua revelia, sustenta), Franz não poderia existir. Sua vida é essa fuga.

Estranho vínculo. Fala-se de uma filiação, mas penso mais em uma deposição. O pai se ergue para destituir o filho de sua posição de reflexo. Basta que se erga, e o filho é massacrado. "Vá!", ele diz. É nesse momento que um filho nasce.

70.
Dó – "é"
Nada (1/2)
Mínima

Viajo a União, periferia de Teresina, para visitar o sítio em que você nasceu. O motorista me corrige: "O que dele restou." A casa de roça, eu sei, não existe mais; o terreno hoje pertence a usineiros. O senhor não deve esperar muito ou vai se decepcionar.

Algum rastro, uma pegada qualquer, e ficarei satisfeito. O motorista insiste: "A cana destruiu tudo. Não há mais nada." Não consegue me entender. Balbucio: "Não quero encontrar, só quero lembrar."

Viajo para recuperar memórias que não são minhas. Seria melhor inventá-las, fazer uma prótese, uma fantasia qualquer que preencha o grande vazio. Seria mais sensato mentir.

Antes da viagem, telefono para o professor Jobi. Ele reclama: "Você e sua mania da verdade! Quando vai desistir dela?" Joguei tempo e dinheiro fora. Antes ficasse em casa e viajasse dentro de mim.

Em meu livro, pai, tudo está errado desde o início. Escrevo para reconstruir o que não foi meu, mas seu. Faço o caminho de volta a um berço em que não me embalei; persigo lembranças que nunca tive. Não é um retorno, é um pântano.

Mal entramos na estrada e a tempestade começa. O motorista não esconde a impaciência: "Espero que o senhor não se arrependa." Mas é disso mesmo que se trata: de provar da decepção. De, enfim, tomar posse do que perdi. Será tão difícil entender?

Também o professor Jobi não percebe que, para mentir bem, preciso aspirar à verdade. Só depois de persegui-la, e de fracassar, terei o direito da invenção. Não tomo essas notas para acertar contas com você, mas para reinventá-lo. Mas não posso abdicar da verdade, ou pareceria um bufão.

Através da mentira, tomo posse de meu pai — como se você fosse um cargo público ou um pedaço de terra. Justiça se faça.

A chuva martela o capô. Uma melodia áspera alinhava meu caminho de volta ao ano de 1906. Se eu a transcrevesse em uma partitura, o resultado seria só uma linha reta, como o longo traço que indica a ausência dos batimentos cardíacos. Nada que se assemelhe ao desenho inquieto da partitura da *Cala a boca*. Essa música infernal que ressoa dentro de mim.

Por fim, chegamos. Um cadeado coberto de ferrugem tranca o portão principal. "Deve haver uma entrada lateral para os caminhões." Não me interesso por ela, vim para buscar a porta de meu passado. De seu passado, pai. Não para arrombar portões.

A chuva é mais intensa. O motorista insiste que eu volte para o carro. "Quem sabe encontramos alguém que dê informações?" Desgraça da lógica: ela não suporta as trepidações da verdade.

"Quero ficar aqui um pouco. Melhor o senhor voltar para o carro; assim, não se resfriará." Ele me obedece, eu fico. Um tapete de cana se estende à minha frente. Nenhuma casa, nenhum vestígio. Nada. Naquele berço de folhas, você nasceu.

O vento embala seu berço. A colcha verde se move, para lá e para cá. Ouço a *Cala a* boca que se eleva em meus ouvidos. Um torpor me invade. Queria pular a cerca, me deitar e dormir.

Dormir em seu colo, pai. Tomar seu lugar no grande berço perdido. Enfim, me ver como um substituto, e não como um traidor. Mas eu suportaria?

"O senhor vai ficar doente, melhor voltarmos." Belo nome para o lugar: União. Naquele berço, em um relance de tempo, enfim nos unimos. É tudo muito rápido. A chuva começa a me incomodar. Volto a entender que o perdi.

No caminho para Parnaíba descemos em um bar de estrada. Na mesa ao lado, uma velha fuma seu cachimbo. Ancas imensas, que se derramam pela cadeira, cabelos grudentos, a face estraçalhada.

"Você não tem medo da chuva, meu filho?" Digo que não, nada mais pode me ferir. A resposta a surpreende.

"Você parece muito corajoso." Penso em explicar que fugi da luta, que me esquivei e que agora é tarde demais. O que vê como coragem é só meu luto.

Você bem que podia estar aqui, pai. Na verdade: você está aqui. Reduzido a uma lembrança, agora sim eu o tenho. É uma posse precária, da qual o principal (você mesmo) se exclui. Um consolo — como uma peruca ou uma perna ortopédica. Aposso-me de sua sombra.

Volto ao carro. A decepção me oprime. Alguma coisa, porém, se modificou. O berço vazio, soterrado sob o presente, atesta minha derrota. Talvez agora, afastado de você para sempre, eu possa, enfim, nascer.

71.

Pausa
Aves (9/10)
Semínima

Pai, tire essa máscara. Desista. Como libertá-lo do nome, para que você possa apenas ser?

Pais são homens solitários. Recordo seus olhos plácidos, a íris derramada sobre os bigodes, as sobrancelhas irregulares, a se interrogar se podia, ou não, sustentar o papel que a biologia lhe destinou.

Uma coisa é gerar um filho, outra bem diferente é ser pai. Você esteve sempre atordoado com o papel (a máscara) que lhe destinaram.

Talvez seja isso matar o pai: ajudá-lo a despir a fantasia que o instinto lhe impingiu. Uma vez arrancada a fantasia, deixá-lo quieto para que, enfim, possa ser um sujeito qualquer. Devolvê-lo ao abandono primordial sem o conforto da ordem e o consolo dos papéis.

Talvez voar seja isso: arrancar-se (despregar-se) da lógica infernal das funções. Descer do palco para o mundo e agir, enfim, como alguém que apenas é.

Volto à frase maldita que, um dia, você sublinhou: "Entre nós não houve propriamente uma luta; fui logo liquidado; o que restou foi fuga, amargura, luto, luta interior."

Quem me liquidou? Não você, meu pai, derrotado (você também) na luta para conservar o manto paterno. Eu, sim, me deixei assombrar pelo fantasma do homem poderoso. Imitei os meninos que fogem das múmias de papelão: uma tolice me fez recuar.

Lembro de sua agonia, no leito do hospital. Uma noite em que o acompanho, desperto com um estrondo. É você, os pijamas derramados até os joelhos, os cabelos em alvoroço, olhos duros de horror.

Com os braços esticados em linha reta, como os sonâmbulos dos filmes antigos, você tenta atravessar uma parede. "O que você quer, pai?" Em pânico, você responde: "Não sei por que sua mãe fechou a porta do quarto. Quero ir até a cozinha. Tenho sede."

Levanto suas calças, ajeito os cabelos e o abraço. "Vamos, me ajude a empurrar!", você grita. Eu, o filho fraco, choro. No entanto, você só pode contar comigo — a velhice o leva a falhar consigo mesmo.

Vêm-me, então, os versos dolorosos de Baudelaire: "Eu sou a faca e o talho atroz! / Eu sou o rosto e a bofetada".

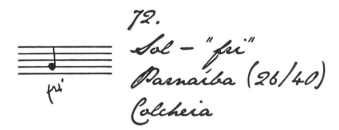

na portaria, cruzo com madame, que lixa as unhas. "Não vai tirar nada que preste daquele homem. Ele é um saco vazio."

O velho Martins se agacha, em posição de espera, como se, em sua trincheira, espreitasse um inimigo. Posso ajudá-lo? "Não adianta, não vou encontrar mesmo."

Fico sem saber o que procura. Acomoda-se na cama, de barriga para cima, e olha para o teto. "Não vejo nada, não sei por que olho." Logo depois se justifica: "É preciso fazer alguma coisa, ou o tempo não passa."

O que procura o doutor Martins? Algum pedaço do passado, uma imagem que entreviu ou imaginou que viu. Fecho os olhos, sento na cadeira de palha e o imito. Espero.

Depois, na página 455 do *Dicionário poético*, encontro: "Mistério, segredo". Mistério é a cautela, reserva, ou obscuridade com que manifestamos um pensamento. Segredo é o silêncio cuidadoso de não revelar o que está oculto.

Mistério é um modo de falar, e segredo, uma maneira de calar. O verbete se aplica à dúvida que me agita. Por que o velho se cala: para dizer, ainda que de forma obscura, ou simplesmente para não dizer?

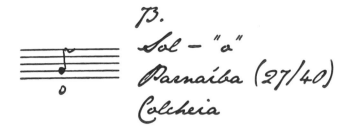

madame Aquiel entra no quarto. "O doutor está a dormir. Será que ainda sonha?" Parece ressonar, mas tem os olhos abertos. "Como ele não vê mesmo, não precisa fechá-los", comenta, sem esconder o entusiasmo. Depois me pergunta: "Será que todos os cegos dormem assim?"

"Não estou dormindo. Estou conversando com meu pai", ele a interrompe. O pai do doutor foi contemporâneo de meu avô, Lívio. Talvez tenha trabalhado na Casa Inglesa como contador. Talvez fossem amigos.

Minhas ideias se aceleram: ainda não chegou a hora de fazer certas perguntas. Preciso criar limites, ou me perco.

O enfermeiro chega com os medicamentos. Madame analisa algumas caixas. "Placebos. Para um velho, o melhor remédio é a mentira." Parece cansada. Pergunto se gosta de viver em Parnaíba. "É o inferno. Mas mesmo o inferno tem suas alegrias."

Penso em voltar ao dicionário, mas as palavras, também a mim, me cansam. Aconchego-me, quero tirar um cochilo. Bela entrevista: o encontro entre dois sonos. Madame reage: "O senhor tem certeza de que ele é a pessoa que buscava?"

74.
Sol – "li"
Parnaíba (28/40)
Colcheia

José significa: "o descobridor das coisas ocultas". Nem por isso devo forçar o caminho.

Meu modelo deve ser o José bíblico, que não descobre porque procura, mas só porque algo o leva a descobrir. Era um homem pacato e silencioso. Os anjos o convencem a fazer, sempre, o oposto do que planeja. Aceita seu destino de subalterno.

Pressionado não por anjos, mas por aves, sou intimado a cumprir a sina de meu nome. E isso me irrita.

Nessas anotações, o destino se cumpre. Planejo escrever uma coisa, escrevo outra. Minha escrita é um desvio. Esboço um caminho; aves me sopram a direção inversa. Debatem-se em meus sonhos e roubam o que sou. Ou acho que sou.

Um anjo despacha José para o Egito. Podia se recusar a ir: carpinteiro, operário da construção, marceneiro, tem sua freguesia, suas encomendas, não precisa se arriscar. Não precisa, mas se arrisca. Por quê?

José, o contrário do que é. E isso, enfim, é ser. Só quando abdica de si, ele se encontra.

Você sofria do mesmo mal. Não sei o que procurava quando deixou Parnaíba e desceu para o Rio. Sei que chegou ao oposto do que buscava. Eu sou parte disso.

75.

Sol – "a"
Parnaíba (29/40)
Colcheia

Um José anterior, ainda mais profundo: o décimo primeiro filho de Jacó e Rachel. Adolescente, sonhos o atordoam. Ele se esforça para interpretá-los. Sonhos são histórias que contamos sem decidir que faremos isso.

São histórias despedaçadas, que se narram dentro de nós e que, mesmo imperfeitas, nos mantêm de pé.

Filho preferido de Jacó, os irmãos, enciumados, decidem jogá-lo em um poço cheio de serpentes. Por fim, é vendido a Potifar, capitão do rei do Egito.

A mulher de Potifar, Zuleika, o assedia e depois o acusa. É preso — e na prisão, cumprindo seu destino, interpreta os sonhos dos companheiros de cela.

Amenenhat III, o faraó, avisado de seus poderes, o convoca a seu palácio. Passa a interpretar os sonhos do rei.

Eles são um sinal de que, após sete anos de fartura, viriam sete anos de desgraças.

José é uma vítima do duplo sentido. Palavras que afirmam o contrário do que dizem, como os verbetes no dicionário do velho. Quando tudo parece perdido, ele vence.

Prendo-me a essa corrente de Josés. Você é um deles. Talvez ela me erga. Ela me enforca.

76.
Mi – "li"
Kafka (13/16)
Semínima

Franz se descreve: "Eu, o medroso, o hesitante, o desconfiado." Nunca se poupou. Era gentil com os outros, mas impiedoso consigo. Os amigos (Max Brod) o amavam. Ele não confiava em si mesmo.

Medroso, hesitante, desconfiado — palavras que, seguindo o método de Manoel Thomaz Ferreira, meu bisavô dicionarista, decido revirar. Medo, indecisão, desconfiança atestam uma visão aguda do mundo. Visão que ultrapassa as aparências e que as aniquila.

Sob elas, com a lentidão de um lagarto, um segundo mundo se move. Ele não é o avesso (a negação) do primeiro, mas algo que o ultrapassa.

Toda arte é hesitação. A ideia se confirma quando ouço um quarteto de Janácek, gravado em Praga, onde estive um dia. Caminhei pela cidade em busca das pegadas de Franz.

Avançava, voltava, hesitava. Tomei muitas notas, mas, na viagem de volta, eu as perdi. Elas já estavam perdidas antes disso.

A música de Janácek é um grito de perplexidade. Escalas que galgam e deslizam. Frases que decrescem, aceleram e desabam. Nada se fixa, nada se conclui — tudo é movimento. A música é o som que se move.

A carta de Franz a seu pai, Hermann, também não passa disso: oscilação, gagueira, embaraço. Tem mais perguntas que respostas. Não é uma carta de amor, mas de suspeita. Não costura, rasga. E só por isso, porque balança e cava, eu a uso para me ler.

Só por isso, porque é uma carta cheia de buracos, através dela posso peneirar minha dor.

Não me dá respostas, até porque nada há a resolver. Abre-me possibilidades, gera solavancos, me desgruda de onde estou. Carta que não só me ajuda a pensar, mas (o mais importante) me ajuda a ser.

Deixo que a música de Janácek me envolva. Você a ouve, pai? Eu sei: ela o decepciona, pois lembra a minha gagueira. Nenhuma semelhança com as certezas de Chopin, de Vivaldi, de Strauss, seus favoritos. Um emaranhado de incertezas.

Sob ela, como um zumbido inconveniente que não me abandona, continuo a soar a *Cala a boca*.

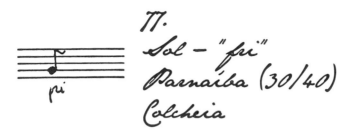

Um desmaio, e o Piauí se apaga. Estou no Egito Antigo. As águas turvas do Parnaíba deságuam no Nilo. Desminto o filósofo: nem sempre nos banhamos nas águas do mesmo rio.

Sepultaram José em um caixão de ferro. Foi enterrado às margens do Nilo. Tempos depois, Moisés reencontrou o caixão. Usando poderes mágicos, ergueu-o da terra e o fez voar.

A ideia insiste: José, aquele que voa. Não sou eu que decido, é a trama das palavras que me empurra nessa direção.

Quando estive no Egito, visitei em Dahchur a pirâmide de Amenenhat III. Conta-se que abrigava um palácio de três mil quartos. Séculos depois, os gregos o chamaram de "Labirinto".

Lembranças inúteis em que me perco. O descobridor das coisas ocultas nunca chega às coisas ocultas — ou elas deixariam de estar ocultas. Eis a origem de minhas tonteiras.

Semanas atrás, me preparando para a viagem, uma crise de labirinto me derrubou. Também em meu interior, as salas derivam em novas salas, os corredores se bifurcam em novos corredores, as janelas abrem para novas janelas.

A mente é um círculo. Em Parnaíba, entre bodes e coqueiros, reencontro a pirâmide de Amenenhat. Ela está dentro de mim.

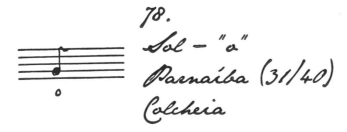

abro, mais uma vez, o dicionário. O acaso me leva à página 543. "Tirano, déspota". Estranho acaso, que tem seus vícios. Como não pensar em você? Como não pensar em todos os pais?

A célebre ameaça de Hermann Kafka ao filho Franz retorna com força: "Vou fazer picadinho de você." Em uma tradução literal: "Vou estraçalhá-lo como a um peixe."

Em sua carta, Kafka a ameniza: "Embora eu soubesse que nada de mais grave se seguiria." Não se refere a um ato, mas a uma posição. Lugar do pai: aquele que ameaça. Como você conseguiu suportar isso? Como pôde sobreviver?

Volto às sutilezas do dicionário. Tirano é o senhor absoluto. Déspota é o senhor de um escravo.

Esclarece meu bisavô: o tirano oprime um igual, enquanto o déspota oprime um inferior. Antes eu o visse como um tirano! Ao menos, teria o consolo da semelhança.

Penso em você, um rapazola, oprimido pela figura de seu pai. Meu avô Lívio morreu de infarto. Dançava em um baile de carnaval — a música o matou. Imagino o rombo que se rasgou em seu peito, pai.

De repente, em plena noite, roubado do pai. Um tirano, ou um déspota? Nunca saberei.

79.
Sol – "li"
Parnaíba (32/40)
Colcheia

as anotações me saem às golfadas. Quanto mais involuntárias, mais eu as valorizo. Anoto em blocos, contracapas, folhas avulsas, nas margens dos livros de Kafka.

Não sei se a profusão é boa ou ruim. Sei que, através dela, converso com você. Quando se tem fome, nada se recusa.

Tudo que me acontece entra no livro. Pensamentos, sonhos, eventos de minha vida pessoal, mal-estares, coisas que ouço ou que leio.

As dúvidas que me atordoam, minhas vacilações íntimas: se continuo, se desisto; se vale a pena, se não vale. Nada deve ser desperdiçado. Tudo isso "é" o livro.

A profusão de notas me obriga a ordená-las. Essas classificações estão sempre a se alterar. Nunca estou satisfeito. Só a *Cala a boca* me mantém de pé.

Meu tio Antônio se angustia. "Tem certeza de que sabe o que está fazendo?" Talvez suspeite de minha sanidade. Talvez comece a ter medo de mim. Certamente se cansou.

Pobre tio, que me ampara mesmo sem me conhecer. Ele me olha sem nenhuma esperança e, ainda assim, sorri. Isso é um pai?

80.

Sol – "a"
Parnaíba (33/40)
Colcheia

Também o velho Martins toma notas em um caderno. Garranchos. Nenhum esboço de frase, nenhuma semelhança com o alfabeto. Nada. De que serve escrever o ilegível? "Assim, só eu sei o que escrevo. Além de tudo, já não posso mais ler."

A ideia de uma escrita opaca, que veda qualquer leitura, me assombra. Ou será que a admiro? Lodaçal das palavras!

Recorro ao dicionário. Página 19: "Admiração, assombro, pasmo". Admiração é quando vemos uma coisa que não conhecíamos. Assombro é algo que nos inspira terror. A admiração que cresce a um ponto de suspender a razão se chama pasmo.

Aceito as ponderações de meu bisavô: estou pasmo. Ainda assim, meu afeto pelo velho não diminui.

Madame Aquiel chega de repente. Nota meu desamparo. "Evite que a bondade o leve à adulação. Precisamos ser duros, ou eles enlouquecem."

Espero que ela saia e volto a abrir o dicionário. Lá encontro: "Adulador, lisonjeiro". O adulador sacrifica a verdade. Já o lisonjeiro empresta aparência de verdade a seu louvor. Diz meu bisavô: "O homem prudente deve desprezar a adulação e temer a lisonja."

Penso em Franz Kafka, que cedeu aos dois perigos, da adulação e da lisonja, e com isso abandonou a luta. Também eu me esquivei. Hoje sei que existem outras formas de dois homens se aproximarem. Uma delas é escrever.

81.

Mi – "li"

Kafka (14/16)

Semínima

Trêmulo, Franz entrega ao pai o primeiro exemplar de *Um médico rural* — único livro que publicou em vida e que dedica justamente a Hermann Kafka. Recebe, em troca, a frase célebre: "Ponha-o sobre o criado mudo."

Não conheço o alemão, mas a expressão portuguesa "criado mudo" carrega uma violência suplementar. Não assinala, apenas, o lugar das coisas subalternas, dos acessórios. O adjetivo "mudo" lhe empresta um caráter ainda mais devastador.

Com uma única frase, Hermann faz um exercício sutil de crítica literária. Reduz a escrita do filho à tagarelice. Com isso, sem meias palavras, o emudece.

Volto a Janácek, que, com seu manto de sons, não me permite silenciar. A arte – mesmo a mais avara — é sempre tagarela. A linguagem é isso: um tagarelar.

Um dia, você me disse: "É impossível discutir com você. Eu me afogo em suas palavras. Eu desisto." Entrevia o esboço de uma vocação. Daquela inundação, eu devia fazer (e fiz) algo.

Alguém me lembra que Janácek é, também, o nome de um asteroide. Não vejo onde astronomia e música se encontram. Por que dar a um asteroide o nome de um compositor?

Algo (uma partitura, como a que me atordoa, mandando que eu me cale) se desenha no longo trajeto dos asteroides em torno do sol — um fino colar de pedras a decorar o colo da escuridão. Também a música é só um fio com que costuramos, por delicadeza, a zoeira do mundo. Ela não detém o grande vento, ela o assinala.

Volto à frase dolorosa com que Hermann calou Franz: "Ponha-o sobre o criado mudo." O pai de Kafka não suportou a zoeira do filho. Também você, com a *Cala boca*, queria silenciar meu choro. Ideal dos pais: um filho emudecido, como uma folha em branco.

Quando, mais tarde, se afogava em minhas palavras, para se salvar, você passou a dizer que meu futuro estava no Direito. Enquadrava minha tagarelice em um destino. Vocações, porém, não passam de invólucros, não dão conta do que se agita dentro de alguém.

Hermann via o filho como um homem sem vocação: não havia uma palavra que o resumisse. O filho respirava, trabalhava, até falava. Aquilo não apontava para nenhuma direção. Uma carta desprovida de destinatário. Você quer despachá-la, mas não pode.

Existiu uma palavra que Hermann não conseguiu dizer: literatura. Mas eis uma palavra que, em vez de apontar um caminho, destampa um abismo.

Também incapaz de pronunciá-la, você só conseguiu me sugerir: "Faça alguma coisa desse falatório, ou fique quieto."

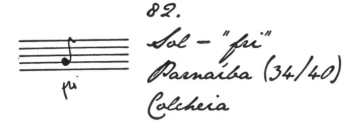

"Hora da sopa". O enfermeiro sugere que, primeiro, troquem as fraldas. Posso esperar lá fora. "Não verá nada do que já não tenha visto." A voz é rancorosa, como se, com minha sugestão, eu o desprezasse.

A porta do banheiro entreaberta. "Vamos logo com isso", o doutor reclama. Teme que eu me vá. Aproveito para dizer que o Dicionário tem sido muito útil. "Não seja tolo, aquilo é um traste."

Volta com a face vermelha, não sei se de fraqueza ou de vergonha. A sopa cheira mal. Tem um tom amarelo que lembra o vômito. Ainda bem que ele não pode ver.

Vou até a janela respirar um pouco. "Como era meu pai?" O doutor Martins se desvia: "Nem sei se o conheci; como posso falar dele?"

Um dicionário antigo. Algumas palavras sublinhadas em vermelho. Velhas fotografias. Um informante que inspira desconfiança. Muito pouco para um livro, mas é disso que devo partir, ou não escreverei.

Chega meu tio Antônio. "Avançando em sua entrevista?" O doutor corta seu entusiasmo: "Não tenho nada a dizer. Ele é que insiste em perguntar."

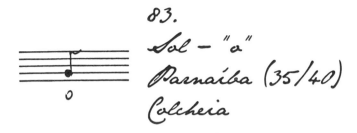

Para me proteger do calor entro na Igreja dos Escravos. Não tem adornos, luxo, arte. "Aqui Deus poderia, enfim, meditar."

Os passos de uma mulher, que entra apressada, me despertam. Com um maço de velas na mão, a distância, ela me vigia.

"Terei de silenciar algumas (coisas) que ainda me são difíceis demais de confessar", escreve Franz em sua carta. Que coisas seriam essas? Por que não existem palavras que lhes correspondam?

Palavras são estojos em que guardamos nossas aflições. Quando não encontramos o invólucro adequado, elas não podem ser ditas. O que é uma palavra antes que, pela primeira vez, alguém a pronuncie?

Em seu dicionário, meu bisavô recorre a Sêneca: "Próprio é do homem o sentir seus males; do varão é próprio o suportá-los." Resume a ideia a respeito da virilidade. Homens suportam o mundo. Em silêncio. Você, por certo, via algo de feminino em meu tagarelar.

A mulher se aproxima. "Deseja alguma coisa?" Observo sua face crispada que mistura o ódio e a suspeita. Não respondo. Você apreciaria o meu silêncio masculino.

Na minha mente, a frase que você repetia ainda ecoa: "Quero descer." Não consegui satisfazer seu desejo.

84.

Sol – "li"

Parnaíba (36/40)

Colcheia

li

não reconheço a rispidez do velho: "O que você faz aqui?" Vim continuar nossa conversa. "Não há conversa. Eu lhe dei um dicionário. Consulte-o." O rosto se franze. Está prestes a ladrar.

Insisto. Pode recordar de um certo José Ribamar que, se vivo estivesse, teria hoje 102 anos? Filho de Lívio, contador da Casa Inglesa, aquele que morreu de infarto em um baile de carnaval.

Surpreso, o doutor me responde com outra pergunta: "O senhor o conheceu?"

Como se ele não estivesse ali, Madame Aquiel interfere: a memória do velho está aos frangalhos. "Não deve tomar ao pé da letra o que ele diz, porque não sabe o que diz". O doutor solta uma gargalhada.

Faz me lembrar de você que, quando ria, agitava a barriga. Por ela escoavam os risos. "Quem é essa doida? O que essa mulher faz aqui?" Madame se retira e o velho se deita.

Acalma-se. "Não conheci seu pai. Se conheci, não lembro". Tudo o que me dá é seu espanto. Por que recorro a ele? Por que não visito os arquivos do município? Por que insisto?

Relato a visita a meu tio Antonio. "Não entendo por que você ainda não desistiu dessa história."

Não entende que, dando ouvido às esquisitices do velho, consigo conversar com você. Não me importa se ele o conheceu ou não. É só um instrumento, eu o manipulo. Não passa de um porta-voz, meu pai.

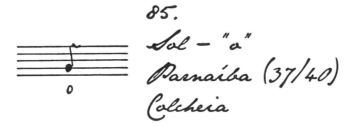

85.
Sol – "a"
Parnaíba (37/40)
Colcheia

As conversas com o doutor não avançam. Ele não esconde sua impaciência. "O que você quer mais?" Madame Aquiel também anda cansada. "Ainda não o vi aplicar o questionário. O que está esperando?"

O tédio me derruba. O sol de Parnaíba amortece meus pensamentos. Tudo que tenho é o Dicionário — uma máquina de produzir incertezas. Grande salvação.

A velha canção de ninar não me deixa, agora ainda mais grudenta. Como se o cérebro, impedido de respirar, atolasse em uma gosma de notas. O sol, em Parnaíba, derrete tudo. As palavras pingam.

"Você se envolveu muito com o velho." Meu tio Antônio não mede as palavras. Decidiu me proteger. "Estão em mundos distintos. Falam línguas incompatíveis. Você precisa reagir."

Talvez não sejam tantas as diferenças. Eu ainda me agarro às notas que tomo para o livro. Ele já não tem onde se agarrar. Ambos afundamos, um acreditando que se salva, outro sabendo que afunda.

Iludo-me com a posse das palavras, que a literatura me dá. Já o doutor sabe que não pode se livrar delas e que de nada lhe servem. No entanto, elas são tudo que ele tem. São tudo que tenho.

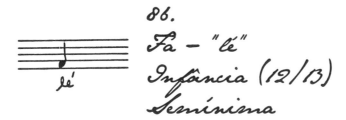

Desde menino, ideias fixas me perseguem. Projetos sem sentido que nunca ousei cumprir, mas não me abandonam.

Na praia de Copacabana, devo recolher um punhado de areia, pegar um ônibus e despejá-lo em Ipanema. Recolher outro punhado em Ipanema, pegar outro ônibus e despejá-lo no Leblon.

A areia do Leblon, em sentido contrário, deve ser despejada no Leme; a do Leme, na praia Vermelha. Até que o círculo de praias se feche.

Fazer isso para quê? É uma tarefa sem sentido. Não traz resultados práticos, nenhuma vantagem ou desvantagem. Contudo, é um processo que, uma vez concluído, devo recomeçar.

O balde de areia é minha pedra de Sísifo: recolher, carregar, despejar, voltar ao ponto de partida. Por nada, só por fazer.

Uma frase se repete em meus sonhos. É simples, mas atordoante: "As implicações dessa operação podem ser traduzidas pelo verbo "penar". Para que tu pênis".

Uma masturbação branca, sem alegria ou gozo. Toda masturbação é um substituto. Um consolo. Portanto: uma dor.

A que dor o projeto do balde de areia corresponde? O que me dói quando penso em transportar a areia de um lado para outro?

Ouço sua voz que, desde muito longe, me adverte: "Você sempre com essas perguntas inúteis." Há uma ordem que você, meu pai, nunca deixou de repetir: "Apenas faça."

Outra ideia fixa é a de que estou hipnotizado. Desde nossa ida ao circo, não me livrei das ordens do mago. Ajo em seu nome. Cumpro desejos alheios. Fios me prendem a um manipulador. Sou um fantoche.

A certeza me perturba — porque me prende —, mas também me alivia — porque me livro da culpa. Irresponsável, posso agir com liberdade, porque a liberdade será sempre escravidão.

As ideias fixas têm essa vantagem: posso dizer que delas sofro. Igualo-me aos piores sofredores. Nada posso fazer a respeito.

Imito Franz que, sem nenhum pudor, gostava de dizer: "Ainda não cheguei a existir." Quando isso aconteceria, quando se casasse? Mas o casamento, para ele, não se igualava à morte?

O que um pai pode fazer com um filho que se recusa a ser? Como recepcionar um filho que se recusa a entrar no mundo?

A filiação, mesmo a mais odiosa, é uma inclusão. Ao persistir no deserto das palavras, me excluo.

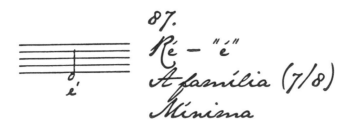

Você desaparece. A família o procura em hospitais, delegacias, necrotérios. Nenhum sinal.

Um bilhete anônimo me remete a um endereço no subúrbio. Sem avisar a ninguém, saio à sua procura.

Você remoçou — 20 ou 30 anos —, mas isso não me surpreende. Sem o peso do filho, um pai pode, enfim, voltar a ser. Que nada: observo melhor e entendo que, apesar do frescor, você está morrendo. O rosto está branco. As pernas mal o sustentam.

Não responde a minhas perguntas. Quando abre a boca, emite um rugido de afogado. Transportou-se para uma zona na qual a linguagem já não importa. Será a morte, ou o nascimento?

Um caminhão frigorífico, desses que levam peças de carne para os açougues, estaciona diante da casa. Os funcionários trazem uma maca. Sem que lhe peçam isso, você se deita. Eles o levam e me impedem de acompanhá-lo.

Volto para casa. Agora entendo: velhos brinquedos, roupas de criança, fotos esmaecidas. O passado retornou. Passo a fotografar minha infância. Nada capturo além de borrões.

Através de uma janela, percebo um facho de luz. Letras fluorescentes formam uma frase. Apesar da nitidez das formas, não consigo ler o que está escrito. Esforço-me tanto que meus olhos doem e sou obrigado a me deitar.

O caminhão retorna: eles o trazem de volta. "Não há tratamento. Terão de ficar com ele assim mesmo." Como um saco de lixo, o despejam no jardim. Deixam-no sobre a grama úmida, entre os canteiros de hortênsias. Não está morto, mas parece um morto.

Depois se ergue e entra. Na sala, você se joga em uma poltrona, como se fosse um dia qualquer. Talvez (a umidade na camisa sugere isso) tenha apenas saído do banho.

Amanhece. Custo a me levantar. Não tenho coragem de lhe contar meu sonho.

Não sei o que significa, e nem você se interessa por sentidos ocultos. "Mistérios são bobagens de mulher." Meu pesadelo, porém, guarda uma ameaça.

Eu o acompanho ao mercado. Mesmo quando a lista de compras é pequena, você exige minha presença. É uma das raras situações em que ficarmos a sós. "Filhos devem estar ao lado dos pais."

Chegamos ao açougue. A porta do frigorífico está entreaberta. Peças de carne balançam em ganchos de metal. Um rapaz as acaricia, como se fossem ternos que devessem permanecer vincados. Só que faz isso com uma faca, e seus afagos lhes arrancam grandes nacos.

Relembro o sonho do caminhão. Desmaio. Quando volto a mim, estou deitado sobre um saco de feno, em meio a pilhas de legumes. Uma mulher gorda me abana.

A distância, você me observa. Quando consigo me erguer, em tom raivoso, você me pergunta? "Por que faz isso comigo?"

Parte do princípio de que controlo meus gestos. E que, através deles, desejo sempre atingi-lo. Meus atos o têm como destino inevitável. Eu o persigo.

Não pode aceitar que as coisas simplesmente aconteçam. Tampouco admite que as circunstâncias se coloquem entre nós. Não pode estar de acordo com um filho fraco, sobre quem o mundo desaba.

"Quando você vai parar com isso?" Minha existência, você pensa, não passa de um desafio. Tenho um único objetivo: importuná-lo. Quando lhe dirijo a palavra, não quero me expressar, quero vencer. "Você devia ser advogado. Tiraria da cadeia os piores monstros."

Talvez, se pudesse ler o que agora escrevo, você me corrigisse. "Eu não falei assim." Repetiria um comentário que sempre lhe agradou: "Você coloca palavras em minha boca, me faz dizer o que não quero."

Ao dizer isso, você me mata. Ao usar minhas próprias palavras para levá-lo a falar, eu o mato. Pai e filho, dois assassinos.

De novo as advertências infernais do professor Jobi: "Seu livro pode se tornar um parricídio."

É, de fato, vantajoso (e indecente) escrever sobre um pai que já não pode se defender. Mas nunca pensei em me vingar. Sim, a escrita toma direções inesperadas e não se submete aos desejos de quem escreve. Escrever é cavalgar. Somos os cavalos.

Escrevo para ter, enfim, a conversa que sempre desejei. Estranho diálogo em que você permanece mudo. Não passo de um imitador de Franz que, na *Carta ao pai*, depois de desaguar sua tristeza se põe a falar em nome de Hermann.

A relação entre pai e filho é um teatro. O pai é só um cabide no qual o filho dependura seus sonhos.

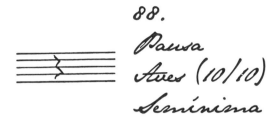

entro em uma velha estação de trem. O saguão está vazio. Avanço entre as colunas de ferro, em busca de um guichê de informações. Meus passos estalam.

Dos alto-falantes, uma voz impessoal e tediosa convoca: "Eveline Mansur Bu Jabá".

O nome (pois se trata de um nome) se repete, em ritmo lento, mas aflito. "Eveline Mansur Bu Jabá", a voz insiste, prolongada pela ausência de uma resposta.

Acordo, mas, mesmo assim, continuo a ouvi-la. Na cabeceira, pego meu bloco de notas e, como um alfaiate que desfaz uma costura, desenrolo o que ouvi.

Eveline: não conheço ninguém com esse nome. Penso, não sei por quê, em "every line", "cada linha"; é claro, cada uma das linhas que escrevo. A voz convoca minha escrita, se refere às notas que tomo para o livro que escreverei.

O segundo nome, ou sobrenome, me leva a pensar no editor Aspásio Mansur. No início de minha carreira, ele me atormentou com suas pretensões absurdas e seus escrúpulos de burocrata.

Bu: só posso me lembrar de Abu, um colega de escola, descendente de árabes. Para infernizá-lo e debochar de seu traseiro desproporcional, os meninos o chamavam de Rabu.

Um dia, depois de um choro convulsivo, ateou fogo às cortinas da sacristia. Aplaudiu o incêndio como se estivesse no teatro. Foi expulso do colégio.

Chego, enfim, a Jabá, nome duplo. Penso, primeiro, nos presentes, ou "jabás", com que os políticos seduzem os repórteres. Mas, logo também, no charque, ou carne-seca, que os viajantes carregam em seu farnel e que lhes garante a sobrevivência.

Inverto as posições, recomeço pelo fim. Carne-seca, carne morta: quando menino, eu era tão tímido que me deram o apelido de "peixe morto". Assim eu me sentia, um zumbi, a vaguear pelos corredores do colégio.

Disso eu me valia para sobreviver: de minha quase morte. No limite da vida, eu podia não merecer um nome, mas tinha uma posição.

A presença de Bu indica, claramente, uma violação — realizada não com o pênis, mas com as palavras. Palavras fálicas que, em vez de expressar, perfuram.

A cada linha ("every line") que escrevo, a sombra do editor Mansur, ainda hoje, me violenta. A voz repulsiva que ecoa pela gare confirma sua presença.

Volto a dormir. Estou, agora, em um cenário neutro, talvez um deserto. A poeira carrega a voz doce de uma mulher.

Ela diz: "Cultivei meus sonhos e deles fiz a minha beleza." Creio que a chave está aí, mas não sei como girá-la.

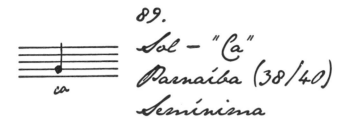

Do terraço do hotel, observo Parnaíba. A cidade se abre com sua moldura de coqueiros. É uma terra seca que o tempo consome. Entre as sobras do passado, um presente vacilante se impõe.

Uma pequena cidade, envelhecida, melancólica, que — como a casca de uma ferida — assinala uma ausência. Um último sinal. Uma despedida.

Meu tio Antônio percebe meu cansaço e me leva às praias. Sente-se responsável por mim. "Ainda não entendi o que você busca." Continua a acreditar que guardo um segredo. Que escondo o jogo.

Em um bar do litoral, aflito, me pergunta: "Você sabe mesmo o que está fazendo?" Penso em você, pai, sempre seguro de seu caminho. Sempre certo do que dizia. Ou me fazendo acreditar nisso.

Enquanto isso, eu gaguejava. A experiência da gagueira me conduziu para a literatura. Único reduto da linguagem em que errar é acertar.

Pela estrada, com a janela do carro aberta, o vento esbofeteia meu rosto. Lembro-me, então, do "episódio da varanda", um dos mais aflitivos da *Carta ao pai*.

Durante a noite, o pequeno Franz choraminga. Quer beber água, grita, mas ninguém o ouve. O pai acorda. Sem entender o que acontece, irritado, o carrega para a varanda.

A brisa da noite não acalma o pequeno Franz. Incapaz de lidar com a aflição do filho, Hermann o tranca do lado de fora e volta para a cama. De camisola de dormir, encarcerado na noite, sozinho, o menino enlouquece.

"A partir daquele momento, eu me tornei obediente, mas fiquei internamente lesado", Franz avalia. A obediência como mutilação. É preciso morrer para ser?

O episódio rompe, de vez, qualquer chance de aproximação entre eles. O pai o expulsa de casa e o entrega ao degredo. A varanda é seu exílio.

Também eu me exilo em Parnaíba. Acreditei que, abandonando o presente, eu o encontraria, meu pai. A culpa não é sua. Eu mesmo me isolei na varanda escura. Se alguém me castiga, sou eu. "Para que tu pênis". Uso a potência do pai para me aniquilar.

Naquela noite, jogado no colo da escuridão, Franz se tornou um escritor. Gritos incoerentes, uivos, tremores, soluços. Nada mais lhe restou, senão narrar.

Não se apresse, pai. Seria estúpido me espelhar em Franz. Ali onde ele escreve, eu fracasso.

90.
Sol – "la"
Parnaíba (39/40)
Semínima

em suas costas, a toalha é um manto. Ajudo-o a calçar os chinelos. Defronto-me, outra vez, com aquele resto de sexo. A glande é pálida e amarela. A aparência, murcha. A potência da morte.

De cima, você me observa com uma expressão de nojo. "Eu quero descer", diz. "Pai", e não me sai mais nada. Como atender a um pedido que não tem resposta?

Ergo-me. Peço que segure meus braços com firmeza — estamos frente a frente, em espelho — para que eu possa enxugá-lo.

Noto, então, que não estou no hospital. Tampouco estou diante de você, mas na cela do doutor Mateus Martins. Quantas armadilhas!

Falam de miragens; elas existem. De universos paralelos; existem também. Não sei se as pessoas reencarnam, mas posso garantir que se duplicam. A identidade é uma mentira.

O enfermeiro se cansa: "Estamos prontos?" A primeira pessoa do plural é indecente. Quem lhe dá o direito de dividir um nome? É verdade, o velho já não está mais ali. Dele pouco resta. Mas também não é só um pijama vazio.

Por que vim a Parnaíba? Gastei meus dias com um velho demente que provavelmente não o conheceu, pai. Distraio-me com uma ilusão, enquanto a verdade me escapa.

Voltam as advertências do professor Jobi: "Cuidado, porque a beleza esconde a verdade." No entanto, a tentação da beleza é tudo que tenho. Estranha beleza que se encarna na decrepitude. "Cultivei meus sonhos e deles fiz a minha beleza." É isso?

Um golpe de vento balança a janela. O doutor se agita e a toalha rola para o chão. Tenho de novo um velho nu em meus braços. Qual velho?

Uma perdiz — já não duvido, agora sustento esse nome — pousa no parapeito. Não consegue se acomodar e, furiosa, bate as asas. "É sua mãe chegando", você diz. "Peça que ela entre". Não, pai, é só uma ave.

Quer que eu o vista, para que a mãe não o veja nu. "Ela nunca me viu nu." Tenho medo de largá-lo para buscar os chinelos. "Agarre-se bem aqui." As garras se enroscam em seu poleiro. Você resmunga. ("Père diz".)

Não sei como, a perdiz invade o banheiro. Tonta, desenha linhas incoerentes no ar e se bate contra as paredes. Sinto suas unhas de pavor que me furam as costas. "É só um pássaro, pai." E você: "Não, filho, não é um pássaro, é um aviso. Eu quero descer."

Abraço-me ao doutor Martins. Não há ave alguma. Trazidas pelo vento, algumas folhas de jornal entraram pela janela. Você começa a chorar. Para acalmá-lo, e não para calá-lo, entoo a velha canção. Enfim compreendi.

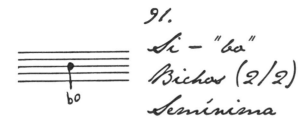

Uma névoa suja — como as sombras que envolvem a escrita de Franz — recobre a noite. Ainda muito longe de Fortaleza, paramos. O motorista desce. Sem pensar no que faço, eu o sigo.

Seu vulto surge no foco dos faróis. Com os braços em hélice, ele espanta um jumento que, entediado, se deita na estrada.

Outros animais andam pela pista. Um velho bode se aproxima e eu o acaricio. Recosta a cabeça em minhas coxas, o cavanhaque imundo roça meus joelhos. Enquanto aliso sua cabeça, ele se entrega.

O motorista usa um bambu para espantar o jumento. É um maestro que, furioso, segue sua partitura.

Também minha escrita se desenrola sobre uma pauta. Uma composição antiga e gasta, que se encorpa na voz trêmula de minha mãe. Uma partitura interior que mais respiro que ouço.

Volto à canção que me move. Na maior parte do tempo, eu a esqueço, o que não significa que não esteja ali. O ondular das notas musicais corresponde a uma segunda respiração. A música é meu terceiro pulmão.

O jumento, enfim, se levanta. Sonolento, vai para o meio-fio. Não que o motorista o machuque — aplica-lhe só uns golpes fracos, quase de afeto. O que lhe dói é ser um jumento. Animal disperso e vagaroso, ele se angustia em um mundo regido pela atenção e pela velocidade.

Eu o encaro. Seus olhos inertes — de bicho morto — não correspondem ao animal corpulento que os carrega. São frágeis e embaçados; duas pérolas sujas a roçar as paredes da noite. No entanto, ali estão e fazem o jumento andar.

Eu me contemplo nos olhos do asno. Esta é minha última visão de Parnaíba: o olhar de um bicho que devora o meu. Alguma coisa ali esteve e não está mais. E, no entanto, o jumento respira.

O ônibus retoma seu caminho. A estrada se alarga. Uma luz imprecisa surge no horizonte. Fortaleza está mais perto.

Some o velho bode que acariciei, some o jumento com seu sono, somem os últimos reflexos. A cortina desaba.

Tudo o que trago comigo é o que eu mesmo levei. A viagem foi só uma desculpa. Para quê?

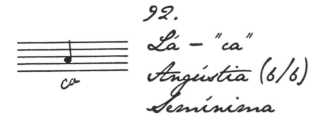

Gregor Samsa só vê o uniforme do pai. Não vai além da farda, não consegue enxergar o homem.

Também seu pai não pode tirar o uniforme. Vestindo-o, ele se encaixa em uma série — a série dos pais — e tem, enfim, o sentimento de existir. É mais um, e isso, para um pai, é quase tudo.

Todo pai é uma repetição dos pais que o antecederam. Você não escapou desse destino. Ribamar, repetição de Lívio; Lívio, repetição de Manuel Thomaz. Homens que se desdobram, cedendo seus distintivos e uniformes ao sucessor.

Foi a série que quebrei, meu pai. Por favor, me perdoe. A verdade é que eu faria de novo. Não depende de mim.

A transmissão da potência, da autoridade e, sobretudo, de uma casca: a isso os pais chamam de sangue. O uniforme não passa de uma simulação. Um sinal, como os colocados à margem das rodovias.

Ocorre que o humano não cabe na série. Ainda assim, todo pai sente atração pela ordem.

Há algo de insano nisso — a entrega à série é, também, uma forma de dormência. Posso dizer mais: de demência.

Sereno, você dorme sobre a Grande Fileira. Nela se alonga, se encorpa, enfim respira. Todo homem, para se tornar um pai, se desumaniza um pouco. É a isso que chamam de poder.

Em meu livro, pai, quero despi-lo de seu uniforme. Afastá-lo da série, desatar as linhas que a sustentam. Desfazer a longa fila de nomes e sobrenomes — de patentes. Para chegar, enfim, a você.

Entro na padaria e encontro com o Sr. Pasquale. Gentil, ele me pergunta pelo livro. "Fiz uma viagem. Tenho tomado notas. Mas ainda não é o livro que quero escrever."

Abraçado a sua bisnaga, o Sr. Pasquale me encara. "Não se deve desejar nada. Quando você deseja alguma coisa, nada acontece."

Argumenta meu sapateiro que a única maneira de fazer alguma coisa é usar o que a vida nos oferece. É assim com os sapatos que recebe para o conserto. Não pode transformá-los em novos. Faz o que é possível: remenda.

Pela força do acaso — a biologia, a hereditariedade, a atração sexual — sou seu filho. Pela ação das mesmas forças, você é meu pai. Para que desejar mais do que isso?

Apego-me à lógica de sapataria. Cada um sabe o tamanho de seus pés.

Também você, pai, tinha um uniforme: o paletó de listras, a camisa branca engomada, as gravatas italianas, os cabelos fixos no Gumex.

Hoje entendo que vestia esse uniforme não para se proteger de mim (para me afastar), mas para se proteger de você (se afastar de si).

De nada adianta entender isso agora. É tarde demais, pai. Precisamos aceitar o que passou.

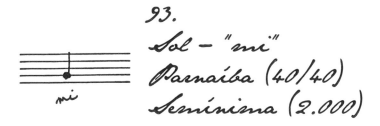

93.
Sol – "mi"
Parnaíba (40/40)
Semínima (2.000)

O médico resume: "Morreu há menos de uma hora." A morte reduzida a uma fração do tempo. Não cheguei a me despedir.

Só minha mãe estava ao seu lado. Só ela ouviu sua última frase, que até hoje me atordoa: "Quero ficar sozinho, quero descer." Disse isso e tombou a cabeça. Talvez tenha descido.

No necrotério, puxam uma gaveta. Você está nu, o corpo gelado, como depois de um banho frio. Quero vesti-lo. "Tem certeza de que suporta?" Mas sim.

Deitam seu corpo em um tampo de mármore e fecham a porta. Estamos a sós. Já que você não treme, agora sou eu que tremo. Meu corpo, aos solavancos, tenta escapar de mim. Como se quisesse descer — e a palavra me engasga.

Ando pela sala, repuxo o ar com as garras dos pulmões; é assim que eu os sinto, duros, e, em vez de ar, respiro pedras. No peito, os sacolejos do desamparo. Na testa, um suor nojento de ódio. Por que ódio?

Rodo e rodo (danço); enceno minha cerimônia de despedida. Preciso me agitar para que você não me arraste para baixo.

Com lentidão, enfim, eu o visto. Tenho medo de errar: o último gesto deve ser perfeito. Você me consola: "Não tenha medo. Ainda sou eu, meu filho."

Não consigo abotoar a camisa, meus dedos duros não sustentam os botões. As calças não sobem além das coxas, o corpo é magro, mas pesa muito, e você não colabora.

Até no ato da morte, você não aceita o papel de morto. Teimoso, se recusa a morrer.

Por fim, eu o apronto. Sento-me a seu lado, jogo o rosto em seu peito e choro. Não me saem lágrimas. As lágrimas inexistentes, porém, me esvaziam.

Tento conversar com você, dizer alguma coisa. As palavras falham. Elas não servem para a morte. A ela só corresponde o silêncio.

Mas não sinto horror, a morte não me horroriza. Você queria descer, e desceu. Só isso.

Deitado sobre o tampo frio, pai, você está sozinho como nunca esteve. Um homem, pobre homem, Ribamar, roubado de seu papel paterno. Destituído de seu poder. Exilado.

Resta-me negar sua morte e entoar uma canção de ninar. A mesma que, desde o início dessas notas, me atordoa.

A boca insinua palavras que não lhe saem. "Ca-la-bo-ca-mi-mo-so-Jo-sé". É você, pai, quem me embala.

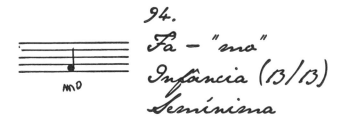

Você agoniza em uma clínica. É meu plantão. No meio da noite, acordo com seus gritos. De pé, tenta despir os pijamas. Não consegue.

"Onde está meu terno?" Ocorre-me dizer: "Você já o vestiu, pai. Já está pronto."

Pensa que está em um ministério público. "Vamos ao guichê dos documentos. Tenho coisas a fazer."

Precisa tirar a segunda via de seu registro de identidade. Com os cabelos em redemoinho se enrosca nas calças. Busca uma saída para seu sofrimento. A saída é um nome.

Não há saída, e só me resta assessorá-lo em seu teatro. Ao menos, você não se sente sozinho.

Esmurrando a parede, reclama que, apesar da hora, o guichê continua fechado. "São uns incompetentes. Uns preguiçosos." Digo que é preciso calma, logo abrirão.

"Onde estão as chaves?" Você pede que eu as procure nas gavetas da escrivaninha. Faço meu papel, remexo na prateleira de remédios, simulo. "Não há nada aqui. Elas sumiram". Você se contenta com meu esforço. "Deixa para lá."

Tenho a impressão de que vai morrer ali mesmo, mas isso não me preocupa. A morte o ronda e essa é, ao menos, uma maneira de enfrentá-la. Uma maneira de levá-la à cena. À entrada do nada fazemos alguma coisa. Últimas coisas.

Recordo uma frase que, desde menino, nas horas de desespero gosto de ruminar. É simples: "Dentro de mim ninguém entra." Sempre fui minha própria muralha. Fechei-me, durante anos, para me proteger das bofetadas do mundo.

Tentei me fechar. Mas, com o corpo endurecido, se abriram frestas, rachaduras, pelas quais a realidade vaza.

Agora, você repete minha recusa e se fecha também. O pai imita o filho. O tempo enlouquece, o pai descende do filho. Ambos descendem de um nome.

Volto a Franz. Em *A metamorfose*, a irmã, solidária com o pai, aponta para Gregor e diz: "Precisamos tentar nos livrar *disso.*"

Alvejado por uma maçã, o filho monstruoso resiste. Apodrecida em suas costas, a fruta já não o incomoda. Um homem é sua dor.

Ao aceitar o destino de inseto, Gregor se livra de si e abre caminho para os outros. Nada mais gentil que um inseto. Não há prova mais radical de amor.

Também eu, enquanto o escolto em sua fúria, abdico de mim. Isso me enche de alegria. À beira do nada, meu esvaziamento é tudo o que tenho para lhe oferecer.

Talvez você não entenda. Mesmo ignorando minhas razões, percebe que me abstenho de ser. Isso me basta.

nas últimas páginas da *Carta ao pai*, Franz redige, de próprio punho, o que imagina ser a defesa de Hermann. Não espera que o pai se defenda, ele mesmo se antecipa e a escreve em seu nome.

Tinha decidido: não entregaria a carta ao pai, mas sim à mãe — verdadeira destinatária de sua purgação. Falsa carta ao pai, a carta à mãe fecha um triângulo, em que Franz é o vértice quebrado.

A última frase da defesa atribuída ao pai o destrói, não só como filho, mas como escritor. Em nome do pai, ele escreve: "Se não me equivoco muito, você ainda está parasitando em mim com esta carta."

Já não precisa da violência paterna: ele mesmo se transforma em seu carrasco. O pai já não o persegue, ele se persegue.

A conclusão do pai — a conclusão a que Franz chega em seu nome — desfaz tudo que o filho escreveu. Até mesmo a última tentativa de obter amor (aquela carta) não passa, na verdade, de uma abdicação desse amor.

Trouxe a carta de Franz para o hospital. Enquanto você dorme, eu a releio. Eu o escolto, Franz me escolta. Existir é vigiar.

Falamos sobre muitas coisas nessas noites em que estive ao seu lado. Coisas inúteis, banalidades, que nos distraíram da grande pergunta: por que não conseguimos nos falar?

Falamos para não falar. A língua não como comunicação ou expressão, mas como castração.

Ser pai não é isso? Um pai se ergue como uma muralha, que protege, mas aniquila. Ao se levantar, permite que o filho o derrube. Isso é a luta.

Pergunto-me se ser pai não é suportar o silêncio para que o filho se esgoele e matraqueie. Até que, cansado, sem nada mais a dizer, faça alguma coisa de si.

Que papel indigno, mas que papel grandioso! Quanta aflição, quanto sofrimento! Um papel pesado demais para um homem.

Enquanto você lutou para sustentá-lo, pai, seu coração inchava. Você me soprava sua força, mas, em um desvio, o vento retornava para dentro e dilatava seu peito.

No fim, imenso e cheio de desgosto, seu coração explodiu.

Você fez o que pôde. O que um pai pode fazer é, sempre, insuficiente. Para um filho, porém, isso devia bastar. O pior é que não basta.

Foi nesse ponto que eu lhe falhei: ali onde, ansioso, eu desejei demais. Excesso de que, agora, só a literatura pode dar conta.

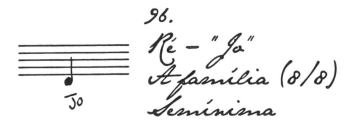

Dois pseudônimos: João do Mato e Sabino Ferreira. Dois mantos que meu avô (seu pai) usou para se esconder.

Suas crônicas na imprensa, assinadas com os nomes falsos, eram medíocres. Nem falo de seus poemas. Meu tio me passa alguns deles. Leio em silêncio e devolvo em silêncio.

João do Mato, tio Antônio explica, é uma ave da Amazônia de canto inconfundível. Alguns a chamam de Capitão do Mato. Na floresta, os capitães do mato, encarregados de capturar os escravos fugitivos, se guiam pelo canto da ave.

Também eu, você sabe, me sustento no fio de uma canção. Não fosse a *Cala a boca*, e minha escrita desabaria. Seu pedido insistente de silêncio, porém, me permite escrever. Talvez o professor Jobi esteja certo: a escrita como desacato.

Imito o *Dicionário poético*: os dois sentidos da palavra "vingar". Desforrar-se e nascer. Jobi estava certo.

Diz meu tio que Sabino é o dialeto de um antigo povo da Itália Central. O nome aponta para algo não só remoto, mas inacessível. Sabino Ferreira: de novo, uma parede. Um impedimento — como o deserto de palavras que separa o filho de seu pai.

Meu tio, que ama a natureza, fala dos "pássaros sabinos", com penas mescladas em preto, vermelho e branco. Volto ao Dicionário: o verbete se refere a cavalos, e não a aves.

Não imagino de onde tirou essa relação. Será que a inventou só para me consolar?

Se fez isso (e começo a acreditar que fez), é porque, enfim, entendeu o livro que me preparo para escrever. Oferece-se, assim, como meu parceiro. Faz, enfim, o meu jogo. É tudo uma questão de aprender as regras.

Meu avô fez bem em preferir os nomes falsos. As fronteiras do corpo são porosas. A esse respeito, Hermann advertiu o filho Franz: "Quem dorme com cães acorda com pulgas."

Pelo mesmo motivo, nos cafés de Praga, como o Savoy, Franz se trancava em si. Era só um espectador. Observava o mundo em silêncio. Protegia-se.

"Você tem a alma fechada a cadeado", lhe disse, um dia, seu último amor, Dora Dyamant.

Franz sabia que a literatura é uma chave. Instrumento inútil que não corresponde a nenhuma fechadura. Uma chave que atesta o fracasso de todas as chaves.

Sua carta ao pai é prova disso. Também *Ribamar*, o livro que me preparo para escrever, não passa de um ferrolho. Vale a pena escrevê-lo?

no ano de 1906, o ano em que você nasceu, Franz Kafka conclui sua graduação em Direito e começa um estágio não remunerado em um tribunal de Praga.

O pai exige que ele passe a se sustentar. Isso o atormenta. A situação financeira da família não é boa. Franz, porém, se recusa a misturar a literatura com a sobrevivência. A cisão o esmaga.

Em *A metamorfose*, há o momento em que o pai de Gregor, sem saber o que fazer com o filho monstruoso, ergue os pés, decidido a esmagá-lo.

A violência do pai pretende deter a metamorfose. Esmagar o filho é uma tentativa de ressuscitá-lo. De chamá-lo a si.

Gregor Samsa — imitando Franz — desculpa o pai. "Certamente ele mesmo não sabia o que estava querendo."

Janto com meu tio. Ele repisa as palavras de Gregor: "Tomara que você já tenha descoberto o que quer." Explico que isso não importa. "Não adianta querer. Um livro sempre se desvia." Só importa escrever.

Os filhos se definem pela fuga. Um filho sabe o que não quer, o que não suporta, o que não pode. Apega-se a essas negações. Filhos só existem em negativo.

Posso vê-lo, meu pai, ainda de calças curtas, correndo pelas varandas da Casa Inglesa. Meu avô está aflito. Você chora e ele não entende por quê. Eu sei o que você quer: livrar-se de seu pai.

Você chega ao velório de meu avô. As marchinhas de carnaval ecoam por Parnaíba. Também dentro de você, uma música não cessa. Inútil, desagradável, mas insistente. Não se pode embalar um morto.

Preparam-se para fechar seu caixão. Aproximo-me. Só então noto que, com o passar das horas, seu corpo inchou. Será impossível descer a tampa.

A inchação é uma maneira de sair de si. Um voo. Uma recusa da despedida.

Você se curva diante do corpo de seu pai. Algo o empurra para baixo ("quero descer"). Algo o esmaga. É o último gesto de meu avô: com sua morte, ele massacra o filho que insiste em ficar.

Madame Aquiel entra na recepção. Está pálida. Chama-me. "O doutor Martins acaba de morrer."

O sol se põe. Minha partida está marcada para aquela noite. Não poderei ir ao velório.

Corro ao hospital para me despedir. Levo comigo o *Dicionário poético*. Como se fosse possível devolvê-lo.

Peço para ficar a sós com o doutor. Pensei em ler alguns verbetes em voz alta, como despedida.

As palavras, porém, não me saem. Desisto. Volto para o hotel e jogo o dicionário na mala.

Três mortes em uma morte. Preciso de um sonho para me consolar. Digamos que estou no ano de 1906. Digamos que você acabou de nascer, pai.

98.

Dó – "é"

Nada, (2/2)

Mínima

Talvez encontre dentro de mim o que o mundo me negou. Talvez só me reste isso: dormir e voar para dentro.

Surge uma cortina de chumbo (sempre as cortinas), contra a qual alguns raios ardem. Uma tempestade sacode a cena. As coxias estalam, o palco balança, os cenários se deslocam. Os camarotes estão vazios.

Perfurando o pano, uma voz, aquela voz, a mesma que até hoje me agita, faz o comunicado medonho: "As implicações dessa operação podem ser traduzidas pelo verbo "penar". Para que tu pênis."

Abro os olhos. Lá está a frase, anotada aos garranchos, dessa vez em um cardápio de quarto. A letra é minha, de quem mais?

Assim ouvi, assim anotei: "As implicações dessa operação podem ser traduzidas pelo verbo "penar". Para que tu pênis."

Espanta-me o trocadilho. Não "penes", mas "pênis". As palavras são dados. Sonhos são jogos. Mas quem os joga?

"As implicações dessa operação." Mas que operação? E haverá outra senão minha busca?

Essa carta — que você nunca lerá — não é o rascunho do livro que escreverei. Ao contrário: com ela, eu me livro do livro.

A insistência dos sentidos duplos me enlouquece. A língua vacila. Jamais poderei confiar nas palavras.

Você nunca leu a *Carta* que lhe dei. Em algum sebo, um desconhecido a folheou. E, por espanto, ou por maldade, sublinhou (em seu lugar) a frase maldita.

Também Hermann Kafka não chegou a ler a carta que Franz lhe escreveu. Falsa destinatária, a mãe, Julie, tratou de queimá-la.

São essas as cartas que se perpetuam: as que não chegam a seu destino. As que ficam esquecidas nas prateleiras da posta restante. Aquelas que ninguém lê.

Não chegarei a escrever o livro que escreverei. Ele não passa da carta que o preparou. Preparou e matou. Esta carta.

Trago comigo, pai, os *Poemas*, de Baudelaire. Um deles tem o título roubado de Terêncio. Significa: "O carrasco de si". Ou então: "O que pune a si".

Meu sonho é um registro desta punição. Mas por que me castigar com o sexo? Sei que os filhos — como os vampiros — sugam as forças do pai.

Diz-se que eles "se identificam"; mas o que se passa é bem mais violento: eles o "devoram".

Volto a Terêncio, vendido como escravo a um senador latino. O público romano o desprezava. Ainda hoje, é considerado um escritor menor. Talvez por isso eu o leia.

Eu, Franz. Dois homens que rastejam. Eis o Ponto da Gralha: um capacho. Nele me encolho e durmo.

Antes da chegada do táxi, releio o poema de Baudelaire. Sem pensar em Terêncio, sem pensar no carrasco de si, sem saber o que faço — eu faço. Assim fazemos as coisas mais graves: sem perceber.

No poema, surge a resposta à frase de meu sonho: "Eu sou a faca e o talho atroz." Está tudo dito.

De um lado, a moeda brilha, do outro sangra. A arma é também a ferida. O carrasco e sua vítima se confundem. A voz me adverte: melhor fugir do gozo, porque ele é também a dor.

Por que insistir na reconstrução do passado? De duas, uma: ou o carrego em mim, ou a procura é inútil. O passado é só a lembrança que temos do passado.

Volta-me a voz abafada do doutor Martins: "Diga-me quem você é, pois já não sei quem sou." Só temos falsas esperanças. Tudo o que temos é o outro.

Já não me interesso pelo *Dicionário poético* de meu bisavô, Manuel Thomaz. Chave inútil, não abre porta alguma. Em vez de abrir, ela multiplica as trancas.

Só agora me dou conta: esqueci minha *Carta ao pai* — o mesmo livro que, um dia, lhe dei — em uma gaveta do hotel. Eu o deixei em Parnaíba, pai. Quem será o próximo a ler?

Será possível que, pela segunda vez, o livro me volte? Mesmo que volte, será outro livro. Serei outro homem. Isso é a esperança.

Mas não se pode perder uma frase. A frase que você sublinhou permanece gravada em mim. Dela não me livrarei. Fica não como uma acusação, mas como uma pergunta.

Tornei-me alguém que nunca termina de responder as perguntas que você me fez, meu pai.

É hora de fechar as malas, pagar as contas e voltar para casa. Enrolar as frases, dobrar as esperanças, deixar para trás as ilusões. Não se procura aquilo que se carrega.

Antes de pegar a estrada, preciso passar no correio. Tenho uma carta a despachar. Esta carta, a você, Ribamar, meu pai. A atendente me olha perplexa: "Falta o endereço." Eu respondo: "Ponha aí um destino qualquer."

Impresso no Brasil pelo
Sistema Cameron da Divisão Gráfica da
DISTRIBUIDORA RECORD DE SERVIÇOS DE IMPRENSA S.A.
Rua Argentina 171 – Rio de Janeiro, RJ – 20921-380 – Tel.: 2585-2000